亦

舒

作

品

西岸阳光充沛

亦舒

作品 42

湖南文艺出版社

西岸阳光充沛

目录

西岸阳光充沛

壹.

要有真正的自由，一个人必须要非常富有。

宜室忘记这是谁说的至理名言。

九月二十五号是汤宜室的生日。

碰巧是个星期天，她丈夫李尚知为她捧了个大蛋糕回来，插上一支小小蜡烛，叫两个女儿李琴与李瑟站在母亲身边，拍照留念。

拿照相机的是宜室小一岁的妹妹宜家，此人留学英国，毕业后并没有回来定居，很是染了一点欧陆气息，当下懒洋洋地叫李家四口咧嘴笑。

"说芝士。"她下令，右手夹着支香烟，也不知有没有抓稳相机。

宜室有意无意模仿二十世纪五十年代艺术家的气质，特地走慢一步半步，与时代脱节，以示脱俗。

当下宜室吹灭蜡烛。

宜家问："可有许愿？"

宜室笑："到今天才来这一套，太迟一点吧。"

李尚知过来问妻子："有没有盼我升官发财？"

宜室白他一眼："你真想疯了。"

瑟瑟靠她身上，不识相地问："妈妈今年几岁？"

宜家代答："妈妈今年二十一，阿姨十九岁。"

瑟瑟拍拍胸口："我八岁。"

小琴嗤之以鼻："真笨。"

宜室连忙说："小琴，姐妹要友爱。"

宜家听见姐姐这样说，叹口气："她哪里听你的，我同你还不是一直打架直到十五六岁。"

宜室莞尔。什么都争：衣服、画报、唱片、男朋友……假如不是母亲罹病去世，还真不学乖，仍拒绝长大。

姐妹两人同时想到母亲，内心恻然，交换一个眼色，尽在不言中。

两人走到宽敞的露台去说话。

宜室问妹妹："你就要走了吧？"

"此来就是为分家，功德圆满，不走干什么。"

宜室笑："你有没有看到那女人的表情？"

宜家说："没想到父亲待我俩不薄。"

"他内疚。"

"但他可以朝那边，那女人同他生的是儿子。"

宜室冷笑一声："恭喜你，你真的成功地回到二十世纪五十年代去了。我的想法完全两样，我最庆幸养了两个女孩，将来她们有商有量，互相敬重，姐妹同心，其利断金。"

宜家笑："像我同你？"

宜室搂紧妹妹的腰。

父亲进医院急救时急召她去侍候，她先一个长途电话把宜家也叫回来。

两个成年成熟沉着的女儿站在病床前，那边顿时失色。

遗嘱是一早立好的，分三份，那边母子俩才一份，宜室宜家却各占一份。

"你放心，这么些年来，那边早已刮够。"

宜家看姐姐一眼，不出声，宜室总是代母亲抱不平，恨毒父亲趁母亲生病在外边搞小公馆，她心头一直打不开这个结。

"尚知可晓得你手上实际数目？"

宜室点点头。

"你都告诉他了？"

"现在楼价股票都上升，卖出套现真是好机会。"

宜家笑："深合吾心。"

"两三个礼拜内便可以办妥。"

"恭喜你富婆，平白多了七位数字的财产，有何打算？"

"移民。"

"什么？"

宜室再说一遍："移民。"

宜家大感意外："我不相信，你是几时有这个主意的？"

"我一直不喜欢大都会生涯。"

"这不是真的，宜室，我们一直生活在这个城市里。"

"你十八岁就往伦敦升学，知道什么，我一直受商业社会竞争的压力，到如今已经倦透累透。"

宜家呆半晌："你同姐夫商量过没有？"

"今晚我会同他说。"

宜室仿佛很有把握的样子。也难怪，结婚这么多年，李尚知一向对宜室言听计从，十分敬重。

"移民!"宜家仍然不能接受。

"你自己拿着正宗英国护照,哪里知道我们的苦处。"

"你会习惯吗?"

宜室撞妹妹一下:"别小觑我。"

这时候,李尚知探身出来宣布:"蛋糕已经切开。"

宜室没有再回到原来的话题上去。

这次回来,宜家发现报上刊登许多以前没有的广告,像"介绍亲属退休劳工应聘等移民,推荐澳洲[1]投资移民专案,只需投资房地产,不需参与经营,资金与利润有保证,由前联邦政府官员承办"。

还有"加拿大投资移民类别,只需投资二十五万加币,名额尚余数名,欢迎免费咨询"。

像是一项新兴事业。

正如一九七三年人人见面说股票,今天,亲友坐在一起,寒暄三句之后,便开始谈论移民,态度模棱两可,语气吞吞吐吐,平时的虚情假意更夸大十倍,宜家索性一言不发,坐在一角翻阅杂志。

---

[1] 澳洲:澳大利亚。

好了，没想到姐姐也有这个打算，也一般怪这个社会不适合她，再说下去，恐怕会千篇一律，会表示这样做，是为孩子前途着想。

宜家本人拿英国护照，更加不便发言。

姐妹结伴旅游，在海关宜家往往一分钟通过，宜室却时时像罚站似的接受盘问。

宜家有什么资格多说？

尚知同小姨开玩笑："打算置岛屿还是买私人飞机？"

宜家侧头想一想："总算可以搬到市中心住。"

宜室诧异："房子贵到这种程度了吗，我以为这下子你可以住摄政公园了。"

"姐姐真会开玩笑，也难怪，你们就喜欢低估外国生活水准。"

李尚知连忙站在妻子这一边："除纽约东京外，我不觉得别的地方贵。"

宜家忍不住骂："愚忠。"

小琴听懂了，哈哈大笑起来。

宜室满意地看丈夫一眼，两人紧紧握住手。

宜家见他俩如许恩爱，也十分高兴。

当年宜室不是没有人追求的，大学里理科工科的同学都专程赶来等汤宜室放学，女孩子长得好就是这点占便宜。

但是她选对了人，李尚知虽然不算十分出众的人才，亦不见得腰缠万贯，但是他爱护她支持她，事事以她为重。

是宜室亲口对妹妹说的："有时公务缠身，家里两个孩子又闹，辛苦得要命，简直似熬不下去，一想到尚知对我这么好，体内似有能量暖流通过，又撑过一关。"

宜家知道她这个姐姐，生性颇为敏感，可惜做艺术家，却还不够用，但身为公务员，又显得性格过分出众，所以仕途并不十分理想，十年服务，只逗留在中等阶级。

不过一个幸福的家庭补偿一切。

况且李尚知在大学里升了一级，如今是副教授了。

在这个黄金时代，听见她要策划移民，宜家才会不胜诧异。

用人侍候过晚饭，宜家告辞回酒店。

李尚知说："这间小宿舍留不住妹妹。"

"可不是，地方浅窄，地段偏僻。"宜室加一句。

宜家说："得了，你们夫妻别唱双簧了。"

由尚知开车送小姨下山。

宜室站在露台上向他们挥手。

她转到厨房捧出蜜瓜，才切开，尚知就回来了。

感觉只有十分钟。

"这么快？"

"宜家碰到老朋友，由他送她。"

"是谁？"

"匆匆忙忙，也没有介绍，"尚知坐下，取起报纸，"相貌堂堂、一表人才的一位英俊男士。"

"啊，莫非她另有奇遇？"

"明天你自己问她。"

"尚知，你且慢做报迷，我有话说。"

尚知问："说什么？"

宜室一时不知如何开口才好，她站起来："没什么。"

尚知以为她心事未了，便劝道："上一代的恩怨，到今日已告完结，你别想太多了。"

宜室笑一笑。

第二天，她把一位平日算是亲厚的同事约出来吃午膳。

茶过三巡，开门见山地问："陈太太，听说你已辞职决定前往加拿大。"

那陈太太一怔："是呀，很多人知道这件事。"

宜室怕她多心，连忙认作一伙："我也有此打算。"

"那很好，着手进行没有？"

"快了。"

陈太太笑："你那个性最适合外国生活，一不大喜欢交际应酬，二不爱搓麻将，英文也说得好。"

宜室听到这样的话很是高兴，她心里也正这样想。

"何止，我既不听粤剧，更不吃大闸蟹，家里又没有成群亲戚，到哪里住不一样。"

那陈太太非常懂得说话，顺水推舟："可不是，那就不应迟疑了，各国法案随时会得收紧。你们夫妻俩经济必定不成问题，两份高薪优差，同在家印钞票一般，真是说走就走。"

这样不负责任的门面话，听在聪敏过人的汤宜室耳中，居然熨帖舒服，当下她心花怒放，说道："那么将来我们在温哥华见。"

"当然一定要互相照应。"

在该刹那，汤宜室已经决定要着手办这件大事。

下午，回到办公室，上司召开工作会议，谈到几个宣传运动的进展，希望明年可以申请更多的经费。

宜室并没有像平常那样聚精会神地聆听。

明年，明年她可能已经在加拿大了。

对很多人来说，特别是男同事，这是一份养家的好职业，房屋津贴连年薪接近四十万，表现出色的话，每三年跳一级，前途极佳。

但是宜室心不在此。

从学堂出来一直刻板地做到今天，她渴望有转变突破，调剂沉闷的生活。

忽然之间，这颗一向安分的心飞出去老远，上司说些什么，一个字都听不进去。

散会，她回到自己的角落，拨了几个公事电话，写字楼环境难得地好，背山面海，但是整个办公厅的同事，汤宜室想，与笼中鸟有什么分别。

要有真正的自由，一个人必须要非常富有。宜室忘记这是谁说的至理名言。

有人在木板屏风上敲两下。

宜室抬起头，是上司庄安妮。

宜室连忙站起来，她对上级一向尊敬，希望有一日，她升上去之后，下属也给她同样待遇。

庄安妮坐在她对面："你要移民？"

宜室一怔，路透社传消息自叹弗如，这么快！

她赔笑："在考虑中。"

"做得那么好，热辣辣地忽然说走，真舍得我们？"

宜室逮住这个好机会，打蛇随棍上，应道："我们不过是牛工一份，哪里找不到，安妮你就不一样了，眼看快升上助理署长，离得开才怪。"

说完之后，自己都觉得肉麻，几时练成这一套皮笑肉不笑的吹拍功夫？

但是庄安妮却深觉满意，仰起头笑："宜室，要走的时候早点通知我，我好叫大老板派人才下来。"站起来离去。

汤宜室嘘出一口气。

这时屏风后面传来一阵冷笑声。

宜室知道那是芳邻贾姬，刚才的对白一定让此女听得清清楚楚，那蹄子的脾气犹如一块爆炭，怎么忍得住。

宜室于是转过头去，笑说："还不速速现形？"

　　贾姬过来，斜斜往屏风一靠，身上一套香奈儿的味道全部显出来。

　　宜室摇摇头："虽然算得是高薪仕女，这样子一掷万金地置行头，还不是白做，再说，更好的优差都有人事倾轧与工作死结，要我把血汗钱全部穿在身上，我才不干。"

　　贾姬只是冷笑："听听，倒先教训起我来了。"

　　"不是吗？"宜室理直气壮。

　　贾姬压低声音："告诉你，庄安妮一家的申请表，早已送进某大国领事馆，她同你做戏呢，你就稀里糊涂地与她客串。"

　　宜室呆住："为什么要这样鬼鬼祟祟？"

　　"习惯了，庄安妮连吃一碗面都要声东击西，调虎离山。"

　　宜室笑："但是三十六招，走才是上招。"

　　贾姬看着她，过一会儿叹口气："方才你也说得对，每年肯少穿几套衣裳，就不必看千奇百怪的脸色了。"

　　宜室说："也不是那么简单的，天长地久，待在家又干什么？我们出身同上代不一样，哪里天天找亲友搓卫生麻将去，况且好不容易读到大学毕业，对社会也有点责任。"

"真佩服你，嫁了教授，语气也像教授。"

两人都笑了。

"几时走？"

"十画都没有一撇呢。"

"都这么说，可是逐渐一步步进行，不出一年，都收拾包裹劳师远征去矣。"

"你赞不赞成？"

"移民个案，同婚姻个案一样，宗宗不同，不能一概而论。"

"我呢？"

"你？"贾姬凝视宜室，如相士研究面相，然后慢条斯理地说，"你会寂寞。"

"去你的。"

这时邻座的电话铃狂响起来，贾姬回座，结束该次谈话。

这么大的事，征求别人意见，也属枉然，唯一可以商量的，也不过是忠实伴侣李尚知。

幸亏有他共进退，宜室一点也不慌张。

她提早三十分钟下班，取了相关表格，才打道回府。

宜家已经坐在露台上喝威士忌加冰。

一瓶皇家敬礼已经给她喝得差不多。

宜室很多时候都羡慕宜家那份豪迈，她好像从来不为任何事担心。

宜室放下公事包："什么都办妥了？"

"款子都已经电汇出去。"宜家伸个懒腰。

瑟瑟走过，宜室一手将她拉在怀内，瑟瑟咯咯地笑。

"可以过你的理想生活了。"

宜家问："你知道我的理想生活是什么？"

"愿闻其详。"

"在你们隔壁租一个房子，什么都不做，天天同小琴与瑟瑟玩玩玩玩玩，玩得累了，过去睡觉，第二天又再来玩，三顿饭都在你们家吃，你们反正雇着两个用人，没有我也要开饭。"

瑟瑟听了乐不可支，伏在阿姨怀中。

宜室说："她们也要长大的，她们也会结婚。"

宜家却不气馁："待她们养了女儿，我继续同她们的女儿玩，我不回去了，葬在这里，由她们带着子孙来扫墓。"

"神经病。"

宜家叹口气："但是，我已经订下后天的飞机票。"

瑟瑟紧紧抱住阿姨的腰，以示不舍得。

"这个城市实在太过喧哗。"宜家说。

"你看这是什么？"宜室取出表格，"我也想追寻恬静。"

宜家一看："哎呀，你是认真的？"

"嗯，由我做申请人。"

"这件事你还是想清楚点好。"

"人人都有此心，跟大队走总不会错到哪里去。"

宜家说："成千上万的旅鼠往悬崖跳海也是跟大队走。"

"听听这张乌鸦嘴。"宜室不悦。

"姐，我不是说你，你同姐夫当然绝对有资格。"

"当地政府批准的话，就是有资格，不是人人都喜欢把荷包翻转给公众欣赏。"宜室激动起来。

"你怎么了，聊天而已。"

"你不支持我。"

宜家啼笑皆非："李尚知已将你宠坏。"

气氛有点僵。

过一会儿宜室想起来问："昨天你在路口碰见谁？"

宜家看着姐姐："你还是不知道的好。"

"你今天怎么搞的，快说。"

"英世保。"

"谁？"

"看，受刺激了。"

宜室的确有点震荡："真是他？"

"不错，是他。"

宜室镇定下来："他在本市？"

"这些年第一次回来探亲，游子终于思家了。"

"你们——有没有说起我？"

"我怎么敢。"

宜室急急说："现在恐怕没事了吧，多年过去了，大家都不再年轻冲动。"

"那更无理由提起你。"

"他好吗？"

"仍然英俊得要命。"宜家说得有点感慨。

"尚知也长得不坏呀。"宜室连忙帮着丈夫。

"两个人是不同型的，你应当比谁都清楚。"

"我没有后悔。"

"你不必多心，你的选择是明智的。"

宜室安心："他现在干什么？"

"你一直不知道？他被家长送出去，转了校，继续读建筑，现在在温哥华挂牌，在亚瑟爱历逊的行里办公。"

宜家把一张卡片递给宜室。

宜室问："他到这附近来干什么？"

"探朋友。"

"这么巧。"

"昨天晚上的飞机已经回去了。"

宜室忽然讪笑："再碰见我也不会认得，这些日子，忙着为李家卖命，弄得蓬头垢面，哪里还有当年的样子，一成都不剩。"

宜室见她发牢骚，不便搭腔，站起来说："姐，我走了。"

"不在这里吃晚饭吗？"

"约了朋友。"

宜室送宜家出去，门口站着李尚知。

宜家说："明天我会来陪小琴出去买跳舞裙子。"

尚知埋怨："叫阿姨宠坏之后日后索性跟阿姨生活。"言若有憾，心实喜之。

宜家笑着道别。

那一个傍晚，宜室仍然没跟尚知商讨大事。

她问他："你记不记得有一个人叫英世保？"

他的头埋在书桌的文件里："什么？"

男人最奇怪，结婚五年以后，在家会患间歇性聋耳症，在外头听觉却不受影响，仍然十分灵敏。

宜室莞尔，凭什么李尚知不会是例外呢，这是通病。

她不再说什么。

隔了足足十分钟，尚知才抬起头来，问她："刚才你叫我？"

宜室听见用人开门，丢下丈夫，跑出去查看。

"小琴，你到哪里去了？"

小琴放下书包："有一位同学退学移民，我们合伙送她。"

宜室笑："小朋友也流行搞饯行，后生可畏，她去哪里？"

"美国新泽西，"小琴说，"家里在她念小一的时候就申请，现在都初一了。"

"她高兴吗？"

"当然，把新家的照片给我们看，好大的一幢洋房，背后一个湖，养着天鹅。"

"同学家里干什么？"

"开制衣厂。"

宜室叹口气，生意生意，即使开一家小小杂货铺，照样做得家润屋肥。最惨的是一班白领，再高薪都不管用，税金高，开销大，到头来很难有积蓄。

小琴讲下去："她那所新学校不用穿校服。"很是羡慕。

宜室说："叫爸爸出来吃饭吧。"

尚知一边看文件一边坐下，就如此心不在焉地吃完一顿饭，奇迹是他的胃一点事都没有。

工作是这样忙，恐怕只有待退休之后，方能手拉手到公园散步。

宜室看看自己的手，届时，不知手指还能不能屈曲，手心是不是柔软。

时间飞得太快，很多时候，又走得太慢。

适才宜家提到英世保三个字，宜室只觉得恍如隔世。

仿佛没有一世纪也有九十年了，忽然之间他又自时光隧道回来，蓦然现身。

宜室没有睡好。

一清早她起床做红茶喝。

她最喜欢用川贝柠檬香味的茶包，不加糖，加一点点牛奶。

最近小琴人小鬼大，也学着这么喝，她父亲说她不怕味涩，她竟然答："我怕胖。"

宜室想到这里莞尔。

女儿竟这么大了。

"这么早？"

宜室转身，看到睡眼惺忪的尚知。

"请坐。"

尚知冲咖啡："你一对我客气，就是有话要说。"

宜室笑，转动茶杯。

"在想什么？"尚知探过头来问。

"尚知，我们移民好不好？"

"什么？"尚知呆住。

"尚知，我知道你是听见了的。"

"大清早七点不到，说起这么严重的问题来，宜室，你没有事吧？"尚知挤出一个笑容。

"申请表都取来了。"

"宜室，我太意外了，你为什么不告诉我？"

"现在你不是知道了。"

"我没有心理准备，不能回答你适才的问题。"

"我们又不是明天走，可以慢慢商量。"

"但是宜室，你怎么会有这个主意？在此明明住得好好的，土壤气候都适合我们，且开了花结了果，有比这更好的乐园吗？"

"看你紧张的。"宜室不悦。

"宜室，我们并没有一亿存款。"

"别夸张，依你说，非一亿想都不用想？"

"我做一份报告给你看，证实我的理论。"

"李教授，我不是你的学生，你无须用这样的口吻同我讲话。"

两个人都沉默下来。

过一会儿，李尚知说："对不起，宜室，我应该慢慢同你讨论。"

宜室的脸色稍霁，但仍忍不住说："怕生活有改变，乃是老的先兆。"

李尚知只得看着娇妻苦笑。

他愿意迁就她，他爱她。李尚知是个好丈夫，性格光明高尚，深觉男人应当爱惜呵护女人，否则结婚来干吗，他最不了解虐妻这回事，恨女人又何必浪费精力同女人搞在一起。

这么些年了，他的心温柔牵动，大学到现在，宜室把她一生最宝贵的时间都奉献给家庭，并没有享过什么福。

少年时期她极不愉快，母亲卧病，父亲另结新欢，长年情绪不安，到如今，一年总有一两次半夜自梦中惊醒，呼叫"妈妈，妈妈"。

尚知总尽量使她称心如意，希望有点弥补。

说老实话，做了那么久的李太太，他并没有让她穿过名贵的衣服，住过华厦，开过大车，戴过件像样的首饰。

过的只是很普通的中层阶级生活。

他对她的事业毫无匡扶，也没帮她出过任何风头。很多次，工作上碰到棘手之事，她困惑地在书房踱步到天明，他也爱莫能助。

宜室是个好妻子。

尚知于是轻轻地说："我们慢慢讨论细节。"

宜室转嗔为喜："蜡烛，敬酒不吃吃罚酒。"

她翩然回房换衣服去。

尚知看着宜室背影出神。她始终令他销魂，这才是最重要的。

年头陪她去挑晚礼服，进了名店，自试衣间出来，那日她化了点妆，那件黑色水钻吊带裙衬得她肤光如雪，明艳照人，尚知看得呆掉，店员赞不绝口，尚知回过神来，即时勒令她把它换掉。

还当了得！

有哪个丈夫的度量会大得让妻子穿这样的衣服。

宜室服从地改选一件密封的伞裙。

尚知记得他自私地说："看，这才叫高贵端庄。"

女店员别转头偷偷笑。

宜室看他一眼，完全不作声。

她就是这点可爱。

想起心房都暖洋洋，唉，她要怎么样就怎么样吧，只要他做得到。

不知怎的，尚知有点恻然，他可以做的，偏偏又那么少。

他开车送宜室上班，一直侧过头去看她。

惹得宜室说："好了好了，我原谅你，请你安心开车。"

十三岁的李琴一向知道父母恩爱，在后座见怪不怪，习以为常，小瑟瑟才八岁，根本不知道发生了什么。

下午，宜室与妹妹联络过，决定早退，与宜家聚一聚，她这一去，够胆三五七载不回来，下一次不知何年何月才能见面。

同庄安妮告假时，庄眼神中有很明显的"反正要走了还会同公司卖命乎"的意思。

宜室一笑置之。

庄安妮要升的，断然不是汤宜室这种人。跟在她身边的心腹，全部是走出来撞死马那一号人物。平日无事也像无头苍蝇似的乱蹦乱跳，哇啦哇啦叫忙得透不过气来，一遇到芝麻绿豆的事，演技更加逼真，欲仙欲死，吆喝指挥，无所不至……

宜室不屑为。奇是奇在上头似最最欣赏这一套把戏，认为如此方算对工作有诚意，静静把功夫全部做妥并不足够，场面欠缺热闹。

宜室知道她不会再往上升，上司们不讨厌她，认为她无害，但也不会爱上她。

这亦是令宜室觉得移民无碍的原因之一。

有什么留恋呢，手底下的小孩子个个机灵明敏，正眼都不去看中层行政人员，通通心骄气傲，直接同大老板打交道灌迷汤，过些年，他们再升一级半级，就要踩着汤宜室这种没出息的太太身体过。

还不避之则吉？

就算此刻，宜室对他们也像对翁姑一般尊重，任得他们越规无礼。

"算了，"她对贾姬说，"迟早要碰到辣货来收拾他们，何用我替天行道。"

想到就快可以离开这个马戏班，宜室心头一松。

在茶座与宜家碰头。

小琴提着大包小包，都是阿姨买的礼物。

宜室问："要不要我送你上飞机？"

"千里送君，终须一别。"

"宜家，你变了。"宜室讶异。

"是的，你看，父亲终于去会母亲，九泉之下，不知他俩说些什么。"

宜室何尝没有这样想过。

宜家问："会不会相对无言，唯有泪千行？"

宜室岔开话题："你倒是把苏东坡的词背熟了的。"

"也许我也该结婚了。"宜家握着小琴的手。

"的确是。"

"但到哪里去找姐夫这样的好人？"

"过得去而已，小姨子总对姐夫有特殊感情。"

"千金易得，知己难寻。"

宜室沉吟半晌，因小琴在旁边，不便说"我的知己，倒不是他"。

"别太节省，我回去后，多跟我通电话。"

"没有性命交关的大事，我还真不肯拨国际直通。"

"我要走了。"

"宜家，来吃晚饭。"

"我想早点收拾东西睡觉。"

"你不买些衣服首饰带回去？"

"身外物，"宜家缓缓摇头，"琐事耳。"

女人要是连这些都能看开，那真修炼成才了。

"我会想你的。"

宜家努一努嘴："我会想这两个宝贝。"指李琴李瑟。

回到家，李琴把阿姨买的衣服一件一件试给母亲看，对着镜子顾盼，已具少女风姿。

有一条黑色连衣裙，钉亮片，下摆用打褶的硬纱点缀，里头衬紧身袜裤，既古怪又别致，亏她们甥姨俩找得到。

小琴动一动，那亮片闪一闪，忽明忽灭，似失意人脸颊上的眼泪。

不知为什么，恐怕是性格使然，无论看什么，宜室都看出灰色调子来。

"妈妈，"小琴坐下来，"有时候阿姨待我好过你。"

宜室看女儿一眼："你已经长大了，应当知道，那是因为阿姨三年才见你一次。请问阁下，生病谁抱你进医院？又请问阁下，无故给老师留难，谁与你去见校长讨公道？又再请问你，半夜谁同你盖被子？"

"我只是说有时。"

"有时也不行，怎么可以伤妈妈心，"然后恐吓小琴，"以后不让阿姨上门来。"

你能对谁这样肆无忌惮呢，也不过是子女罢了。

晚上，尚知问了一个他一直想问，又不好意思问的问题："宜家的英国护照从何而来？"

反正人人都在讨论护照，严肃性足够掩饰他的好奇。

宜室放下梳子："我不知道。"

"但你们姐妹俩的感情一直亲厚。"尚知意外。

"就是因为我懂得适可而止。父子夫妻之间还有许多话是说不得的呢，不明白这个道理，人恒憎之。"

尚知只得暗暗称奇。

宜室笑了："一九六五年之前，英国规例很松，据说住满五年，便可自行申请护照，有人胆生毛，丢掉香港护照，硬说不见的是原装货，也一样鱼目混珠过了关。"

"一九六五年？宜家又不是十岁八岁抵达英国的。"

宜室转过头来："那么你说，一个独身女子，要从什么途径，才可拿到这本宝书。"

尚知心中一亮，但不敢置评。

宜室代答："出外靠朋友。"说得再含蓄没有了。

尚知忍不住："她结过婚？"

"我不知道，你问她好了。"

"那怎么好意思，只是，从没听她说过这件事。"

"如果你爱她，你就爱她。如果你不爱她，就是不爱她。这件事于我们的感情一点影响都没有，查根问底有什么用？她想我们知道，自然会说，不想我们晓得，才不开口，人人有权维持隐私。"

尚知笑："我呢，我有无隐私权？我私家户头有多少存款要不要报上来？"

"要！"

李尚知笑了，这是他的爱妻，他爱得心甘情愿。

李家对于媳妇这个主意，却大大不以为然。

尤其是李母，早年师范学院毕业，做了半辈子的校长才退休，是个知识分子，看事情比较透彻，词锋也很厉害。

她对儿子说："你也该先探探行情再说。"

李尚知故作轻松："我们到过加国 [1] 好多次了，山明水秀，是个好地方。"

"我知道是个好地方，不见得好得衣食住行全部免费。"

李尚知沉默。

"你在彼邦，找得到同级的工作？"

———————————

[1] 加国：加拿大。

尚知赔笑："可以慢慢来。"

"三十多岁的人了，孵在家中，很快心急气躁，尚知，这种大事还是从长计议的好。"

"宜室说——"

李母截住他："你自己怎么说？"

李尚知只得答："我也想换换环境。"

"你别托大，新世界未必接受你。"

"我同宜室对西方社会相当熟悉。"

李母知道媳妇最近手头大宽，料到她会搞些花样经，却想不到是这样大的一件事。

"你同三叔商量商量，他刚放弃美国公民权回来。"

"妈，也有成功的个案，很多华侨在异乡开花结果。"

"那你更应该听听双面之词。"

李尚知太过老实，回到家中，一五一十对宜室说了，虽然隐恶扬善，大大将母子之间对话美化，宜室还是老大不满。

"泼冷水专家，"她说，"我无须向她交代，我并不打算接她老人家去享福，一切后果由我自负，她救不了我，亦打不沉我。"

尚知苦笑。

宜室还补上一句："叫她找别人去合演《孔雀东南飞》。"

每天晚上，宜室挑灯夜战，细心搜索资料，把表格填将起来。

两个女儿想进书房与母亲说两句话，都被嘘了出来。

瑟瑟问："是怎么一回事？"

小琴得意扬扬答："我们就快搬到外国去住。"

瑟瑟大吃一惊："什么地方？"

"告诉你你也不知道。"小琴一甩头发，丢下小妹妹。

瑟瑟十分不安，跑到父亲身边，依偎一会儿，轻声问："小琴所说，都是真的？"

李尚知放下报纸，笑道："或许走得成。"

"我可否带洋娃娃一起去？"

"应该没有问题。"

"还有我的叮当漫画？"

"瑟瑟，到时再说吧。"

瑟瑟惊恐地退后一步："我一定要带叮当漫画。"面孔涨红，就要哭的样子。

李尚知深觉不忍，把小女儿拥在怀内："好好，没问题。"

未见其利，已见其害。

"祖母呢，她也去吗？"

"瑟瑟，来，我讲快乐王子的故事给你听。"

是晚，瑟瑟已经转忧为喜，她父亲却没有。

只听得宜室说："唉，填这种表，真会头发白眼睛花。"

过两日，趁有空，李尚知还是约了三叔出来吃茶。

三叔听完他的计划，呆半晌，表情有点呆滞，眼睛看着远方，动也不动，十分空洞。

尚知吓了一跳，没想到事情这么坏。

三叔问他："你们打算在哪一个埠头落脚？"

"温哥华。"

三叔点点头："美丽的城市。"

尚知松口气。

"它是一个小富翁退休的好地方。"

尚知一颗心又吊起来："什么叫小富翁？"

"有一两百万美元的身家，可算小富。"

尚知一怔。

"你找我出来，是向我打听行情？"

"正是。"

"尚知，各人遭遇不同，我是失败的例子，我把经验告诉你，徒惹你笑话。"

"不会的。"

"我说不能适应，你一定以为我年老固执，不肯将就，事实的确如是，不必详细解释。"

尚知很难过，只是搓着手。

三叔过半晌说："一年多我都没找到工作，救济金只发给曾经缴税的人士。"

"坐食山崩，一日我发觉你三婶将一元钞票都整齐地对角折上两次郑重收藏，便清楚知道，这是回来的时候了。"

尚知骇然。

"很多人以为最多从头开始，做份粗工，我亦试过，撇下银行分行经理身份，到超级市场做掌柜收钱，也不是那么简单的事，中年人了，哪里捧得动两打装汽水，二十磅重的一个西瓜，他们那里服务周到，时时要捧出去放进顾客车尾厢，一日下来，膀子双腿都报销，实在吃不了苦，只得辞工，只有那些十八九岁，高六英尺，重一百八十磅，念完高中后辍学的少年才胜任。"

尚知恻然。

三叔苦笑："你们不至于此，是我没有本事，二则不自量力，尚知，你与宜室尽管勇往直前。"

"三叔，当日你们也不见得赤手空拳。"

"没有工作，买房子要全部付清，银行不肯贷款，已经去掉一半财产，剩下的七除八扣，飞机票、货柜运费，杂七杂八，没有车子也不行，三两年下来，无以为继，只得打道回府恢复旧职，留孩子在那边陪你三婶。"

李尚知默默无言，三叔一切说得合情合理，并无半分遮瞒。

叔侄叙完旧，由尚知付账，便分道扬镳。

那边厢他妻子汤宜室也约了朋友，气氛完全不同，热闹喧哗。

主客是位司徒小姐，三个月前才饯行送走了她，今日又要为她接风。

宜室笑问："是不是闷得慌，熬不住才回来？"

"哟，"司徒小姐娇嗔地说，"我最恨这个城市。"

宜室一怔，别的朋友也打一个突，好好的在本市住了二十多三十年，恨从何来？

"挤得要命，吵得要死，又热得发昏，我是不得已才回来，有事要办，人家打长途电话求了一个多钟头，我才拖沓应允挨义气。"

宜室斜眼看住司徒，一句真话都没有，这样坐着互相吹牛有什么意思。

谁也不希企谁会得忽然之间站起发言从实招来，句句真心，但，也别太虚伪了才好。

宜室发觉他们都是同一个心态，走的时候好不匆忙，一副大祸将临的样子，到了那边，定下神来，回头一看，咦，怎么搞的，一点也没有陆沉的意思，风和日丽，马照跑，舞照跳，于是心痒难搔，忍不住打回头来看看你们这班人到底还有什么法宝……

司徒还独身，身在异乡为异客，有什么好做，三个月下来闷得山穷水尽，回来到底有班朋友吃吃喝喝，聊天说笑。

这时司徒的矛头指向宜室，她嗔曰："你都不写信给我。"

宜室失笑："信还未到你人已经回来。"

"你可以打电话呀。"

"没有号码,小姐,你真会捉弄人。"

司徒连忙写下号码,当着那么多人面就说:"别告诉别人。"

好像很多人急着要追寻她的下落似的。

宜室摇摇头。

她才不会这样,她做事最有计划。

三日两头叫人接了又送,送了又接,到最后,朋友暗暗叫苦,只怨:"唉,又来了。"

要走的话,就在那边安居乐业,一家人相依为命。

人各有志,千万别对任何人说:"怎么,你们还没办手续呀,告诉你,明年三月可能有重要事情宣布,届时恐怕如何如何。"一副先知模样。

宜室伸伸腿,从容不迫地轻轻打个哈欠,走得太早也没意思,现在恰恰好。

只听得一位女友说:"我为的是孩子们——"

另一位回应:"孩子有孩子的世界,不见得一喝洋水,一踏洋土,个个变成贝聿铭、王安。"

"不应有太多幻想。"

"到了那边,生活一定打折扣。"

"问题是几折，七折还可忍受，五折就见鬼了，我不去。"

不会的不会的，宜室想，住下来了，打理园子，重入厨房，乐趣无穷。

哪些人适合移民，哪些人不，实是非常明显的事，只要尚知支持她，一家人到哪里都可以安居乐业。

"宜室今天为什么不说话？"

宜室连忙欠一欠身："我在听你们的高见。"

话题转到外国的居住环境上去。

"最讨厌那种打开门一道楼梯的小屋子。"

"呵，那是镇屋，占地不多，售价低廉，邻居大有问题。"

"半连接洋房比较好。"

"也不灵光，有一堵公共墙，不过是夹板造的，鸡犬相闻，老实说，隔壁吵架听得见没问题，当是免费娱乐，自己的动静传过去虐待别人，就不必了。"

"依你说，非独立洋房不可。"

"那当然，而且地皮要大，孩子有地方玩耍，不然巴巴地跑外国去干吗。"

宜室忽然插嘴："这样的房子，也不便宜了吧？"

"你指哪个埠？"

"温哥华。"

"西区的高级地带，普通一点要三十多至五十余万不等，超级豪华，一百万也有。"司徒回答她的问题。

"这么贵？"

"列治文区便宜得多。"

有人吐吐舌头："我还以为三五万一套。"

"早十多二十年可以。"

"听说还在涨，被新移民抬高的。"

宜室轻轻说："这一代移民同老前辈不可同日而语。"

司徒笑："怎么同，彼时祖先拖着猪尾前往金山，今日众人带着金山前去投资。"

宜室说："也别太叫外国人另眼相看了才好。"

司徒接着说下去："你知不知道，海关特派员工接受专门训练，把名牌衣物特色搞得一清二楚，打起关税来，万无一失。"

宜室从来没听说过这么鲜的新闻，睁大了双眼。

只听得有人抢着说："我有位亲戚，还被请到黑房去搜身呢，吓坏人。"

司徒紧皱眉头："温哥华海关不好过。"

"咪，才怪，三藩市[1] 最难，夏威夷第二，第三才轮到你本家。"

宜室苦笑，都是最多华人出入的地方，你说难不难为情。

"我们这一帮人，先成为财经专家，再学做移民专家，水准之高，其他城市无法比拟。"

宜室说："但是我一向喜欢宁静平凡的生活。"

"我如果有百万加币退休金的话，我也喜欢，谁爱留在这个功利社会天天鬼打鬼。"

宜室笑。

大家也都笑，一顿茶吃到此时为止。

这三两年来，全人类坐下就谈这些，兜来兜去，还是回到原来话题。

本年度盛行什么大前提，各人心中有数。

宜室习惯开启信箱，方才上楼。

一个象牙白长方形信壳在等着她。

信封上用英文写着汤宜室小姐收。

宜室的心一跳。

---

[1]　三藩市：即圣弗朗西斯科，旧译旧金山。

呵，这信壳这字迹她太熟悉了。

只是没想到有人居然十多年的老习惯不变。

她把信拈一拈，这次里面不知说些什么。从前她收过上百封这样的信，有时只有一句话，没头没脑，像"我看到月亮便想，在温习的你，也沐浴在同样的月色下，便觉幸福"。

后来那人却把这些信全要了回去。

少女时的宜室也觉得没什么可惜，来得太容易了，便以为往后机会多着。

但没有。

都没有人再懂得写信了。

小琴来开门。

"谁的信？"可见这信壳有多瞩目。

宜室把信收进手袋，她不是个新派的母亲，她希望她可以答"我旧情人的信"，但英世保算得是情人吗，他们年轻的时候，恋爱就是恋爱。

英世保那样大胆不羁，也一直视汤宜室为矜贵的小公主，并没敢越礼。

故此浪漫美好的感觉直延伸至今日。

宜室小心剪开信封，抽出信纸，英世保是那种仍用自来水笔的人。

宜室，他写，侧闻宜家说你或可能来温哥华长住，方便时当可与我一聚。

附着卡片地址。

用了两个可字，宜室直觉上有种荡气回肠之感。

"回来了？"尚知探头进来。

宜室吓一跳，转过身去。

"谁的信？"

"旧情人。"宜室一吐为快。

尚知马上咧开嘴笑。

"不相信？"

"算了吧，你知我知，汤宜室根本没人追，捏造什么故事。"

宜室为之气结。

尚知走到她身边端详她半晌。"老了，"他下结论，"再也变不出花样来了。"他吻了爱妻的手一下，施施然走出房间。

宜室看着尚知的背影，他即使长到五十岁，也还是个愣小子。

宜室把信放进抽屉里，过一会儿，又取出来，撕成八片，把碎纸扔掉。

她不能解释为何要这么做，又觉得反应过激，忽然认为在一封无关紧要的信上花那么多时间十分不值，站起来，推开椅子，便扬声叫小琴。

小琴出现："是，妈妈。"

"过来我身边。"

女儿就是这点好，大到这样，宛如小大人了，仍然可以依偎怀抱。

小琴等着母亲吩咐，但宜室没有出声，过半晌，她才说："手续办好的话，便要给你退学。"

"我有心理准备。"

"那就好。"

"我还要学中文吗？"小琴喜滋滋地问，"一向最怕背书。"

宜室一怔，她从来没有考虑这个问题，可见许多细节有商榷的必要。

以前见女朋友嫁了洋人，生下混血儿，又住在外国，却苦苦逼那黄头发的孩子读上大人、孔乙己，便觉得好笑，现在，她要不要小琴放弃中文？

宜室终于答："你父亲是教育家，问他好了。"

宜室不担心小琴，但瑟瑟呢，将来这孩子势必完全不懂书写阅读中文了。

宜室一阵惘然。

晚上，李尚知安慰她："人家批不批你做外国人还是悬疑，平白先操了心，多划不来。"

他学了乖，没把他与三叔之间的对白抖出来。

宜室在床上转个身："你想不想去？"

"你去哪里，我便去哪里。"尚知回答很简单。

宜室很了解他的意思。

每隔一段日子，李尚知便代表大学外出开会，他一走，宜室便惘惘然，拿了手袋忘记锁匙，老像少了什么似的，晚霜也不高兴擦了，电视也不大看，晚上与女儿胡乱睡了算是一天。

感觉非常难受。

待尚知回来，问起他，也一样，无心开会，只看着表想回酒店打长途电话。

最后宜室不得不感慨地承认，他俩算是恩爱夫妻。

每次尚知都说："我永远不会再一个人旅行。"

但公事公办，宜室的工作也不轻松，她不是常常拿得到假期跟着走。

宜室忽然说："委屈你了。"

尚知一怔："话从何来？"

"要你从头开始找新工作，"宜室笑，"不过，李尚知教授一定不输给外国人。"

尚知觉得宜室有时天真得似一个小孩子，不禁暗暗叹气。

一言提醒了他，第二天，他立刻联络上机械工程系的倪博士。

他也不打算客气，开门见山地说："倪博士，听说你在多伦多当过一年客座讲师。"

"一九八五年的事了。"

"情况如何？"

倪博士只是笑。

李尚知拍一拍额角，情况若是大妙，人家就不会回来。

果然不出所料。倪博士说："宁为鸡口，无为牛后。"

"职位还容易找吗？"

"要看机缘巧合，全世界好的岗位都难找。你我在华南已有十多年功力，算是开国元老，待遇不错，怎么，想到别处发展？"

李尚知笑答："有这个打算。"

"那么去之前，就该预先应征申请职位。"

"谢谢你倪博士。"

李尚知当然明白。

宜室辞去工作，有一千样事可以消磨时间，而且都为社会认可。

他呢，他能不能够这样轻松？恐怕不可以，一个正在盛年的大男人坐家中无所事事，不愁衣食，也怕闷死。

真是棘手。

尚知想起新婚不久，小琴刚出生，他自理工学院离职出来，大约有半年时间赋闲在家，那种滋味，若非亲身经历，难以想象。

这件事原本早已淡忘，此刻却幽幽钻上心头，李尚知不想再经历类此惶恐。

那一段日子，他只觉得时间过得特别慢，心特别怯，面孔特别木，手脚特别软。连书都看不进去，也不想与婴儿亲近。

看见宜室一早辛劳地出去上班，内疚得说不出话，呆呆地等她下班，更加难受，六个月就使李尚知老了十年。

幸亏宜室一点怨言也没有。

宜室那时年轻，吃了苦也不知道，待明白过来，苦头已成过去，也只得作罢。

往后夫妻俩对这段不愉快的日子一字不提，故意要将之从记忆中剔除，也做得很成功，但是今天李尚知却把细节一一想起来。

宜室不是一个健忘的人，是手头那笔遗产壮了她的胆子，真不知横财是帮了她还是累了她。

当务之急，李尚知立刻把他们两人共有财产算一算，连他的公积金在内，数字不算难看，他这才松出一口气，没想到一轮混战，居然也挣下一点积蓄。

那个下午，李尚知亲自用电脑写了几封信到加国各大学去探路。

虽没有朋友，也有相识，他的人缘不错，应当很快会得到回音。

回家途中，尚知买了一份温哥华《太阳报》以及一份多伦多《星报》，交予宜室。

瑟瑟问得好："有没有月亮报？"

小琴附和："对，为什么从来没有月亮报？"

宜室取起报纸，匆匆翻阅，到了买卖楼宇一栏，便停住不动。

民以住为天，穿什么吃什么反而有极大伸缩性。

"妈妈，为什么外国人的报纸都叫《凯旋》《时报》，而我们却有《成功报》《光明报》。"

宜室抬起头来："各处风俗各处例嘛。"

她拨电话，接通了便与对方谈起来，两个女儿见她忙，便去看电视。

"玲玲，你是买房子专家，全世界大城市都置了产业，"宜室笑，"我有事请教。"

那位太太也笑："岂敢岂敢，别打趣我。"

"打个譬方，在温哥华买房子要注意什么？"

"还不是同这里一样，地段分贵贱，地皮尺寸千万要合标准，否则难以转手。"

"一百二十英尺乘三十三英尺是不是？"

"你看，你都知道，还来套我口风。"

宜室笑："那些房子的图样美得叫人心悸。"

"是，而且仍然不贵。"

"对，买得起。"

两位女士谈得投机，你一句来我一句去，对答如流，眉飞色舞。

"如果要看得到海景，价钱还是不便宜。"

"可是到了那边，交际应酬势必大减，在家的时间比较多，对着湖光山色，心情开朗舒畅。"宜室说。

"那就要看个人的经济情形了。"讲得实情实理。

宜室见对方这么热心，索性闲聊几句，直到尚知探看她，做一个扒饭的姿势，她才放下电话。

尚知笑说："女性讲起电话来，电话会熔化爆炸。"

宜室忽然想起副刊上有位专栏作家，每隔十来二十天，就必撰文庆幸本市电话收费廉宜，说得虽嫌琐碎，却是真相。

到了外国，要与旧友谈天说地，却不是这么简单的事了，要付出昂贵的代价。

尚知看见宜室发呆，用手推她一把："说的是什么国家大事?"

"瞎聊而已。"

"对了,后天我母亲生日。"

宜室答:"我并不敢忘记,早备下四色大礼,前去
拜寿。"

尚知看她一眼,不作声。

宜室说下去:"有穿的有吃的有用的,还有一副新的麻
将牌,连玩的都替老人家想到,算不算周全?"

尚知轻轻说:"人活到耄耋,真不容易。"

宜室叹口气:"可不是,不知要历经多少苦难,他们那
一代,打完日本鬼子,还要挨国共之战。"

尚知接上去:"如今儿孙满堂,吃口安乐茶饭,即使放
肆一点,略见霸道,也值得原谅。"

宜室笑了,这个孝顺儿子,兜了圈子说来说去,还不
是叫妻子包涵他母亲。

确要饮水思源,小琴瑟瑟的体内也还流着老太太的血
液,承继了她的遗传因子。

第二天,宜室趁午饭时间到领事馆去,表格上有一项
条件需要征询。

但见偌大的会客室内人山人海，挤了怕没有三五百人，座位不够，鱼贯站在门口，两个穿制服的管理员正在狐假虎威，挥手吆喝，叫诸人守守秩序。

这是怎么一回事？

宜室还没有见过这等场面，挑了一位衣着体面的小姐轻声问："这是干什么？"

对方打量宜室，见她衣着合时，化妆明艳，分明是同类，于是答道："你不知道？每个星期三中午这里都举行讲座。"

"啊，"宜室并不知道这样的事，"说些什么？"

"你收到验身通知没有？"她像是老资格。

"还没有，我正在填申请表。"

小姐笑道："不干你事，稍后再来。"

宜室道完谢，放弃询问，匆匆离开那个地方，内心犹自不安。

上次置身群众集会，还在大学的礼堂，气氛完全不同，年龄相仿、旨趣相同的一班年轻人有说有笑，不知多么愉快。

刚才那个大堂里却容纳了各色人等，看得出职业环境教育水平无一相似，大部分人神情紧张，心里只有一个目标。

走到大厦楼下，抬头一看，发觉是个风和日丽的好日子，宜室才松出一口气。

像一切略为敏感的人，她顿时失去胃口，回到办公室，见贾姬桌上有个苹果，便顺手取过咬一口。

贾姬诧异："为何神情大异？"

"你有所不知。"宜室叹一口气。

"怎么不知，你这症候，迟疑不决，患得患失，内心矛盾，唉声叹气，叫作移民症。"

宜室一怔。

贾姬笑："不止你一个人这样，我有个亲戚，病入膏肓，签证期限已届，夜夜辗转反侧，不能成眠。"

宜室微笑："那也太严重了。"

贾姬问："你呢，填妥表格没有？"

"还欠良民证。"

贾姬点点头："对，这张纸不可少。"

宜室不服气："看你，一副笃定的样子，没有任何打算？"

"大不了嫁到津巴布韦去，哈哈哈哈。"

宜室见她这样游戏人间，丢下吃了一半的苹果，回到自己的房间去。

下午一连串电话，手下办事不力，又生一阵子气，就把领事馆那一幕冲淡。

晚上宜室靠在床上看小说，小琴进来，磨着母亲，要安装一部独立号码的私人电话。

这样简单的事，本来宜室一口就应允，此刻却说："我们这个家就快解散，多一事不如少一事。"

小琴怀疑："我们今年就走？"

"那倒不会。"

"至少还能用一年，妈妈。"

"好好好，你自己去办，我来付款就行。"

小琴拍手："用我的名字登记？"

"随便你。"

小琴欢呼一声，奔出去。

宜室看女儿背影恻然，一点点小事就令她这么高兴，为什么不纵容她呢，将来要吃的苦头多着，父母未必帮得到什么。

她总会长大，必须辛劳工作，面对复杂的人事倾轧，稍迟又一定会卷入恋爱旋涡，偶一不慎，便焦头烂额。

人生路上荆棘多，风景少，苦乐全然不成比例，趁现在小孩要求低，多给她欢乐也是应该的。

又不是宜室一个母亲这样想，所以新一代儿童多数早被宠坏。

尚知进来，看见宜室愣愣地看着天花板，便说："有什么心事？"

宜室答："旧情人来约，内心忐忑，出去好，还是不出去好？"

李尚知见妻子同他耍花枪，不禁哧一声笑出来。

宜室不敢诉苦，这件事，由她起头，是她的主意，她必须坚持到底。

每一项申请，都要逐个阶段完成，人家做得到，她也不怕琐碎繁复，这样想一想，她抛下小说安然入睡。

李母六十大寿那日，尚知偕妻女一早就到。

老人家正与亲戚搓麻将，转过头来，看到宜室，倒也有三分欢喜，无论怎么样，宜室不叫她失礼，再不识货，也看得出她这个媳妇受过教育，品貌高尚。

她叫宜室坐她身后看打牌。

一边问："那只大盒子里装的是什么，花那么些钱。"

牌搭子们便笑道："拆开让我们开开眼界。"

宜室便打开盒子："是一件绒线大衣。"

李母向盒内一看，见是宝蓝色，文中带鲜，又夹着银线，十分考究，更自高兴，嘴里却说："媳妇还当我三十岁，这么花巧，如何穿得出来。"一边笑。

宜室索性将新衣搭在李母肩上，说道："我看是挺合适。"

牌友没声价称好看。

李母意气风发，将牌推倒："碰碰碰。"

宜室连忙静静退下。

人生根本好比一场戏，台词念得不对，不知进退，就没有资格站在台上，何用叹五更怨不遇。

尚知向她投来赞扬的目光。

她谦逊地微笑答谢。

稍后李母放下麻将，坐到宜室身边，开门见山，含笑说："到了外国，就难得享受这种天伦之乐了。"

宜室忙轻描淡写地答："我们一年起码回来三两次。"

李母却说:"长途飞机累死人,又危险。"

宜室继续微笑:"那我们效法英国皇室,分开几班飞机,以策万全。再说,直航温哥华,十二小时不到,不算长途,当是坐一天办公室。"

李母瞪宜室一眼,可恶,兵来将挡,水来土掩,无论什么,这媳妇总有法子尽数化解,且面不红,心不跳,端的是个见惯世面的厉害角色。

"那,你们是走定了?"

尚知忙说:"表格还没有递上去呢,出了签证,一样可以改变主意,妈妈,人家泱泱大国,不会强逼我们入籍,这又不比昭君出塞。"

李母听了这话,沉吟片刻,并找不出破绽,只得叹息一声,回到牌桌去。

尚知夫妇松口气。

宜室想,幸亏有麻将,这十三张牌分散老太太的注意力,救了他们。

晚宴完毕,回家途中,宜室通知丈夫:"已经约好下星期一下午去做无犯罪记录证明书,你抽空办事吧。"

尚知沉默半晌:"是要打手指模吧?"

"手续而已，客观一点。"

尚知说："什么都试一试，视为一种经验。"

"对了。"宜室满意地附和。

尚知开着一辆新的日本房车，两个女儿在后座盹着，这是他们李家得意之秋，身为一家之主，他实在不舍得离开。

宜室看他一眼，轻轻说："也许到了彼邦，另有奇遇。"

尚知啼笑皆非："什么奇遇，获选剪草冠军。"

宜室跳起来："李尚知，你说话恁地刻薄。"

"有草可剪，至少表示还有资格入住花园洋房，算是人上人了。"

"我保证新家胜旧家，可好？"

"怎么可以叫你保证，我颜面何存。"

"尚知，我劝你不必恋恋不舍一间大学宿舍。"宜室微愠。

李尚知连忙噤声。

他俩从来没有吵过架，一方火暴发言的时候，另一方必定维持缄默，似有默契，从来未试过一句来一句往，弄得下不了台。

宜室发觉她已经瘦了。

做完良民证，十根手指油墨洗不净，自信箱里取出白信封的时候，竟在信下角印上浅浅的指模，十分瞩目。

他的信又来了。

迟不来早不来，趁她这阵倦怠以及彷徨的时候来震撼她。

信封特别长，只得拎在手中，在电梯里她便忍不住拆开来看。

"宜室，要求你写片言只字是否过分要求？世保。"

宜室鼻子发酸。

发什么神经，为什么英世保不肯承认时间已经逝去？她已不是十七岁的汤宜室。

宜室诅咒着把信团皱塞进手袋，真想拍一张近照，至要紧把鱼尾纹及雀斑都摄进去，寄去给英先生欣赏，杜绝这种玩笑。

待开门进了家，喝过一口用人递上来的香片茶，她又镇静下来。

别太多心了，人家不过想叙叙旧。

老朋友，通通信也不以为过，没有这种心情的话，置之不理也罢了，何用情绪激动。

瑟瑟迎上来："爸爸呢？"

"有事回实验室去。"

"每天我只能见爸爸三十分钟。"瑟瑟抱怨。

宜室想到她自己的父亲，结交新欢之后，他索性搬出去住，宜室宜家两姐妹只有在过农历年时看得到他。

宜室握着瑟瑟小手往脸上贴，最近想得特别多，一接触此类往事，胸口像是被谁抓住似的难受。她总算有了自己的家，琴瑟两女是铁证。

不愉快的事早已过去。

宜室自我分析心理状况：思潮起伏，是因为办移民吧，去到一个陌生的地方，总有不安定的因子在那里等待，忐忑之余，一并连过去的痛楚经验也一一勾起。

尚知回来，疲倦地坐下。

他说："真没有想到有那么多人要证明自己没有犯罪记录。"

"有许多是学生。"

"被人当作一个号码看待，也真是奇趣，真算开了眼界，不然在大学小天地里，还以为李尚知教授无人不识。"

"开头的时候，我们都是一个号码，记得吗，中学会考时，我编号五三五四，心里一惊，还以为一定考得不三不四。"

尚知脱下鞋子："经过多年挣扎，总算扬万立威，要我打回原形，岂非前功尽弃。"

"尚知。"宜室觉得他太悲观。

"今天喝什么汤？"

小琴过来说："祖母给了一块火腿精肉，今天用它炖鸡。"

"难怪香闻十里。"

尚知看妻子一眼。

宜室知道他的意思："唐人街什么都有。"

"我最不爱接近唐人埠。"

"由我去办好了。"

"你真有牺牲精神！"尚知笑。

"我不落地狱，谁落地狱。"

小琴疑惑地看着父母："你们在说什么？怪可怕的。"

宜室说："来，吃饭吃饭。"

"妈妈，今天欧阳老师说，她最不高兴学生半途退学。"

　　宜室知道个中原委，名校平时绝少收录街外学生，怕他们学业水准不够划一，但是本校学生纷纷退学，班中人数不足之时，不得不收插班生，自然多了一层功夫要做。

　　"最近退学人数很多？"

　　"本班已走了四名，连我一共五个，一班三十八人，占十四个巴仙[1]。"

　　"那不算什么，学生总有流动率。"

　　"走的都是与我最谈得来的同学哪。"小琴说。

　　"像谁？"宜室问。

　　"像伊丽莎白吴与郑小婵。"

　　做母亲的大奇："如果我没有记错的话，这两位小姐并不是你的好友，不是说她们常常与你过不去吗？一个功课比你强，另一个家境比你佳，你们一直顶嘴。"

　　"但是，少了她们，生活才寂寞呢。"

　　宜室哧一声笑出来。

　　连孩童的世界都复杂至此。

_____

　　[1]　巴仙：东南亚一带的华人用语，普通话称为"百分之"或者"%"，由英语的"percent"音译而来。

小琴说下去："没有竞争，哪儿来进步。"

宜室大笑，白天的阴霾一扫而空。

有生一日，她都不会后悔生了这两个女儿，后悔嫁李尚知或许，但不后悔生李琴与李瑟。

李尚知当下摇头："小琴像足你，宜室，有其母必有其女。"

"像我有什么不好？持家克勤克俭，工作努力负责。"

"我没说不好。"

"你有那种意思。"

"救命，"尚知笑，"你再这样，我可要叫你旧情人来接收你。"

旧情人……

宜室说下去："你李尚知君一生大抵只做对一件事情，就是娶了汤宜室。"

尚知心服口服："我知道。"

"你敬畏我，不是没有理由的吧。"宜室笑。

尚知心里有一丝奇怪，宜室很少在他面前占嘴舌便宜，他问："你受了什么刺激？"

宜室从实招供："令堂仿佛怪我牵着你鼻子走路。"

"是因为这个？我不信。"

宜室自己也不信。

更衣的时候，顺便整理手袋，那团硬硬的皱纸跌出来，她才知道，口出怨言，是因为这封信。

英世保早就入了籍，在彼邦有地位有事业。

宜室不敢多想，把纸团扫进字纸篓。

饭后给小琴补习英文，已经在读莎士比亚的十四行诗了：我可否将汝比作一个夏日，尔更可爱及温和……

宜室微笑，温馨地取起课本去找尚知，想问他是否记得这首名诗。

找到书房，听见鼾声大作，李尚知躺在长沙发上睡得好不香甜。

宜室浩叹，这老小子，一点心事都没有！吃饱了即时睡得熟，正牌懒人多福，难为他老婆愁得头发白。

顿时兴致索然，她丢下书本，待了一会儿，走到窗前，绕着手看街景。

也许就是因为连续过了十多年这种刻板生活，才静极思动，想奔向新世界寻找刺激。

电视开着，新闻报告员神色凝重，正在报道股票市场的风波。

宜室拨开尚知双腿，坐下来，看了十分钟。

电话铃响，宜室接听，是贾姬。她们同事间有个可爱的默契，若非有要事，决不在私人时间互相骚扰，一切等到第二天上午九时整再说。

她劈头便问："你手上有没有股票？"

宜室据实说："我一生从没买过一块钱股票。"

贾姬笑："你就是这点可爱。"

"你笑得出，可见也没有买。"

"买不要紧，关键在脱了手没有。"

"谁懂这样的神机妙算？成为活神仙，还在凡间打滚呢。"

"告诉你，庄安妮投资很重。"

"啊，多不幸。"

"余明天九点面谈。"

"再见。"宜室放下电话。

尚知翻一个身："什么事？"

"不关你事。"

电视新闻已经吸引了他，李尚知坐起来："要命，我母亲颇买了一些二三线股票。"

事不关己，己不劳心，宜室伸手关掉电视。

第二天早上，庄安妮告假，没有上班。

宜室同贾姬说："没有这样严重吧？"

"怎么没有！影响深远。"

"愿闻其详。"

"她在办移民你是知道的。"

"啊，我明白了。"

"那还不简单，赚钱容易储钱难，她按揭了房子炒股票，希望赚一笔赎回公寓，足够现金到外国安居乐业，现在计划恐怕有改变。"

宜室深深庆幸她手上一无股票二无房产，笨有笨的好处，不懂就不会冒险。

"一个人穿多少吃多少是注定的，何用营营役役。"贾姬一笑。

这语气活像一个人，宜室凝神想一想，啊，像她妹妹宜家，洞悉一切世情，却又不得不在红尘打滚，不容易高兴。

"安妮会渡过这个难关的。"宜室说。

"当然，我从来不为吃得比我开赚得比我多的人担心。"

她们两人归位办公。

下午，庄安妮回来了，脸色甚差，想必损失惨重。

宜室很觉为难。安慰她，还真没有资格。一言不发，又好像没有人情味。

宜室一直提心吊胆，她知道有些人死也要死得威风，不稀罕任何人同情，明明背脊中一箭，都不要人家问候，又有种人，一点点小事呼天抢地，叫全世界亲友安抚怜恤。她不能肯定庄安妮在这次事件中想扮演什么角色，所以暂时不能做出任何反应。

如履薄冰。

临下班的时候，庄安妮喃喃自语："这算什么，五年建立起来的牛市，竟毁于一旦。"

宜室赔笑，模棱两可地说："及时卖出，还是有赚。"

庄安妮吸进一口气，强笑道："幸亏上星期已经脱手大半。"

宜室连忙退出她的房间。

看样子不少人为着面子，会得强撑宣布损失不大，及时出货，处理得法。

贾姬拉一拉她："同你一起走。"

"有什么事?"

"逛街看时装。"

"我要去递申请表。"

"宜室,你做什么都不瞒人。"

"别把我说得太纯洁,我也不见得把所有秘密招供给你知道。"宜室微笑。

"我听见风声,下个月就暂停接受独立申请。"

"为什么?"

"待大选后定下新政策或许再重新开放。"

"这么说来,我那手续办得及时?"宜室惊喜。

"宜室,你一向幸运。"

"谁说的,我的道路又不比谁更平坦。"

"但是你有李尚知同行。"

"谁告诉你他是好人?"宜室白贾姬一眼。

贾姬只是微笑。

宜室空手回家,李尚知诧异地问:"不是去买东西?"

"不舍得。"

"出来走,行头也很重要,莫叫人看不起。"尚知笑。

"哈,他看不起我?我还没空去留意他怎样看我呢!"

尚知趋脸过去："所以我这么崇拜敬佩你。"

"加国诸大学有没有回信？"

"有。"

"好消息。"

"回答得很客气，有机会通知阁下。"

"或许倪教授可以当推荐人。"

"太麻烦人家了，我不擅钻营。"

"真的，"宜室马上同意，"其实我俩大可提早退休，只是……"

"我明白，"尚知按着她的手，"你怕我待在家里无所事事闷着无聊。"

"尚知，我们算不算一对互相了解的恩爱夫妻？"

尚知笑："孩子气。"

两人都觉得对方不懂事长不大，因此要加倍爱惜对方照顾对方。

宜室说："我认为我们是模范夫妇。"声音略见空洞，太努力需要证实，可见没有信心。

电话铃响，小琴接听，嚷了起来："阿姨阿姨你好吗？"立刻叽叽呱呱连珠炮般报道别后思念之苦。

宜室摇头。

一个人，最擅长利用电话交流消息的年龄是十三至十九岁；之前，小得还不知道有什么值得说个不停；之后，又比较喜欢出来面对面茶叙。但小琴她们这种年纪的女孩，电话已成为身体一部分，少了它就成为残废。

十分钟后宜室接电话。

"好吗？"宜家说，"你看，我们的黄金股票出货出得合时吧。"

宜室只是笑。

"世上确有运气这件事。"宜家感慨。

"是，说起来很凉薄，父亲一去世，我俩就转了运。"

"你有没有想念他？"宜家问。

宜室想都没想："没有。"

宜家沉默。

宜室反问："你呢？"

"也没有。"

宜室说："他是一个失败的父亲。"

"是吗，或许他另一位太太另一些子女不那么想。"

姐妹唏嘘了一会儿。

"对了，我有一位朋友下星期经过香江，可否招呼她？"

"你之友即我之友。"

"宜室我爱你。"

宜室笑："有事求我特别见功。"

"那女孩子叫白重恩，我大学同学，最近定居温哥华。"

"好极了，我们不愁没有话题。"

"你也该深切了解一下那个地方。"

"宜家，我很清楚地知道温哥华是个什么样的城市，我去过好几次，认识每一条街道。你的口气越来越像尚知，似个校长，把我当小学生。"

"要命，又踩到你的尾巴。"

宜室叹口气，松开皱着的眉头，揉一揉眉心，最近照镜子，发觉有一道深刻的直纹，骤然看，活似第三只眼睛，快成二郎神君了。

白重恩小姐的电话第二天就到。

声音非常活泼，说得一口流利的普通话，宜室约了她下班后喝咖啡。

宜室准时抵达，四面张望，正在踌躇，有人叫她："宜室，宜室。"

她转头，呆住，唤她的是一位西洋美人，大棕眼，奶白色肌肤，一头鬈发。

宜室大乐，惊喜地问："白重恩?"

西洋美女笑问："宜家没同你说是混血儿? "

"她什么都没讲。"

"很好，可见宜家没有种族歧视。"

"你现在住哪儿? "

"旅馆。"

"搬到舍下来吧。"

"方便吗? "

"若把宜家当朋友就不必客气。"

"爱吃什么告诉我，我叫用人准备。"

"谢谢你宜室。"

宜室像世上一切普通人，喜欢长得漂亮的女孩子，秀色可餐嘛。

"温哥华你住哪一区? "

"市中心，你知道罗布臣街吗? "

宜室点点头："像我们的尖沙咀。"

"我在一七六〇号租了一套小公寓，看得到海。"

"一千多号，近史丹利公园？"

"对，"白重恩笑，"你很熟。"

"租金怎么算？"

"一块钱一英尺。"

"不便宜呀。"

"比起曼赫顿[1]要好得多，第五街要两百块一英尺，而且是美元，一比八，贵一倍不止，我在纽约住过一年，几乎叫救命。"

宜室摇摇头："长安不易居。"

"是吗，费城也不简单，女孩子通通打扮得一团火似的，好美好时髦。"

宜室笑了，这么可爱这么纯真，太难得。

"你在温哥华工作？"

"我是少数幸运者，找到理想差事，薪水很不错。"

"雇主是外国人还是中国人？"

"温哥华哪里还有外国人。"白重恩非常幽默。

宜室大笑起来，物以类聚，白小姐俏皮一如汤宜家。

---

[1] 曼赫顿：曼哈顿（Manhattan）。

"我老板叫我替他买点东西。"

"我帮你办。"

"有个地方叫摩罗街? 他让替他配几个酸枝镜框。"

宜室摇摇头,物离乡贵,华侨最爱此类玩意儿。

只听得白重恩说:"一看到酸枝红木,我就想起清朝、封建、辫子、小脚、挑夫、苦力、轿子……"

宜室笑了。

这么坦白,也不怕吃亏。

她还是陪她到猫街去逛。

到了店里,白重恩又似着迷,留恋着不肯走,一如小儿进入糖果铺。

宜室看中一对台灯,爱不释手,一想,待入境证出来再说吧,迟疑着,已经为白重恩捷足先登。

宜室索性再精心为她挑了几个大小长短形状不同的架子。

白重恩赞道:"真有眼光,叫我,站在这里一天,都不知道买哪一个才好。"

宜室笑,做了十多年家庭主妇,早已成为购物专家,价钱质量了如指掌,绝不吃亏。

白重恩再三道谢，回酒店收拾去了。

第二天是星期六，宜室派丈夫同女儿去接客人，自己指挥用人蒸大闸蟹。

蟹开头在锅中索落索落地爬几下，随即传出香味来。

宜室坐在厨房，回忆童年时问母亲："妈妈，谁头一个发明吃这么可怕的爬虫？"

母亲回答："人，最厉害的是人，铜皮铁骨穿着盔甲的东西也一样吃。"

宜家诙谐的谈吐一定得自她的优秀遗传。

宜室难得吃一次蟹，纯为招呼客人。

白重恩人未到，笑声已到，宜室闻声去开门。这个漂亮的大姐姐一手牵一个女孩子，李尚知替她挽着皮箱。

宜室嘴里说"欢迎欢迎"，心中却想，任何一个女人，假以时日，都可以代替她的位置。

母亲的身份，就是被她父亲另一位太太，取替了十多年。

瑟瑟叫："妈妈，白阿姨送我们洋娃娃。"

宜室连忙回到现实世界来："有没有谢谢阿姨？"

孩子早与阿姨混熟了，嘻嘻哈哈，不拘小节。宜室看到宾至如归，十分高兴。

白重恩只逗留两个晚上。

下午，她没有上街，与宜室聊天，上至天文，下至地理，无所不谈。

白重恩生性宽朗，住过许多名都，见识广阔，与宜家一样，造就一种特别的气质。

她很坦白地对宜室说："这次到温哥华逗留这么久，是因为爱上了一个人。"

"那有福之人真是三生修到。"宜室微笑。

"真的，你真那么想？"白重恩大喜。

"我骗你做什么？"

"但是，他却不肯俯首称臣呢。"语气非常遗憾。

女人，不论年龄性格学识背景，最怕这个棘手的问题。

"慢慢来嘛，给他一点时间。"宜室安慰她。

"但时间是我们生命中最宝贵的东西。"

宜室说："谁叫你喜欢他。"

白重恩皱皱鼻子，无奈地摊摊手，到客房去整理行李。

尚知趁宜室一个人站在露台，轻轻说："那是我们未来芳邻？"

"你说我们忙不忙，"宜室苦笑，"这个家还未解散，已经要在彼邦设一个新家，这边的老朋友要敷衍不在话下，又得应酬那边的新朋友。"

尚知搔搔头皮："热闹点也好。"

"也只能这样想了。"

"宜室，让你的思维休息休息，放开怀抱。"

她握着丈夫的手。

白重恩俏皮地在他们身后咳嗽一声："宜家一早告诉我你俩是硕果仅存的一对好夫妻。"

宜室笑而不语。

哪一对夫妇没有相敬如宾的时候，不足为外人道罢了。

"宜室，我借用电话可好？"

"当然，请便。"

是拨到温哥华去吧，你的爱在哪里，你的心也在哪里。

宜室正想取笑她两句，只听她说："Joan White 找英世保。"

宜室呆住。

世界，原来只有那么一点点，碰来碰去，都是那几个角色，也太有缘分了。

"世保？"电话接通了，"猜猜我是谁？"

真孩子气，宜室看看钟，那边时间，大概是上午十时，对方大概刚刚上班。

"那么，猜猜我在什么地方？"

宜室无意窃听人家私人谈话，但这次糟了，白重恩竟想把她的电话号码公开，她一时间阻止不了。

"朋友家，姓李，你若找我，打三五六七〇〇。"

宜室只得叹一口气，避开去。

耳畔还听得白重恩说："不想念我？我也不想念你，咱们走着瞧……"

能够这样调笑，可见关系也不浅了。

宜室在厨房坐下，取起一个梨子，削起果皮来。

白重恩的声音越来越低，终于，她放下电话。

"宜室，宜室。"

她一路找进厨房来。

宜室招呼她："来吃水果。"

"在你们家住两天就胖了。"

白重恩整张脸发光，喜滋滋坐在宜室对面，取起两片梨，送到嘴边，却又不咬，一直眯眯笑。

一个电话会有这么大的魅力，不是亲眼看见还真不敢相信。

是的，她的确是在恋爱。

有过这样的经验，足以终身回味。

白重恩终于忍不住对宜室说："他会接我飞机。"

"可见有多想念你。"宜室微笑。

"我逼着他来的，不由他抵赖。"

宜室转变话题："宜家没同我说你在蜜运。"

"她只赞成结婚，不赞成恋爱。"

"人各有志，但我竟不知道新派人可以把两件事分开来做。"

话题又兜回来："那些镜框，就是他要的。"

宜室一怔："不是说你老板托买？"

"他就是我上司，"白重恩解释，"同一个人。"

宜室不出声。

"很英俊，很富有，才华盖世，是每一个女孩子的理想夫婿，华人社会很出风头的人物，马上要出来开办自己的写字楼了。"

宜室没有插嘴的余地。

白重恩无法不提到他，这个他无处不在。

"你们来的时候我介绍给你认识，他极热心，你会喜欢他。"

宜室发觉她已经削了十来个梨子，只得停手。

"我有点累了，"白重恩说，"想躺一会儿。"

宜室连忙说："当作自己家里一样好了。"

早知道关系复杂，她不会请白重恩来住宿。

宜室的思潮飞出老远老远，逗留在彼端，良久没有回来。

她像是又听到咚咚的敲门声。

门铃已被家长拆除，但他没有放弃。

每当一家人吃晚饭的时候，他便来找汤宜室。

姐妹俩轻轻放下筷子，她们的母亲愤怒地走到门口，高声对他说："你再不走，我拨三条九。"

他固执地不停手，变本加厉，敲得邻居通通出来张望。

警察终于来了，把他带走。

十多岁的宜室伏在桌子上哭。

但母亲已经病得很厉害，她不敢逆她意思，同时，她也怕他的疯狂……

宜家轻轻说:"不要哭,不要哭。"

像是看到彷徨无措,十七岁的自身哀伤地伏在墙角。

不多久,他便被家长送出去读书。

到了今天,一个陌生的女子,前来把他的故事告诉她。

感觉,她也似在听一个不相干的传奇。

"不要哭……"宜室喃喃。

她许久许久没有想起这件事。

在最不应该的时候却发觉这段记忆清晰一如水晶。

这是一个多事之秋。

周末过后,李家送走了白重恩。

办公室里,庄安妮在吐苦水:"……本来每星期总有三五个人上来看房子,现在?吹西北风,鬼影都没有一只。"

一叶知秋。

贾姬说:"你看市场多敏感。"

"价钱压低些,怕没问题。"

"咄,真是风凉话,你肯把房子送出去,更不愁没人要。"

想了一想,贾姬问:"你呢,几时去见夷国代表?"

"下个月初。"

"这么快？"

"哎，都说六个月内可以动身的都有。"

"匆匆忙忙，怕有许多事来不及部署。"

"可惜不由我们做主。"

"你那种口气像形容逃难。"

"是那种味道不是。"

办公桌上电话铃响，庄安妮经过，提高声音："别尽挂住聊天，听听电话！"

宜室苦笑。

唉，心情不好，迁怒于人。宜室并不指望有一日可以向上司学习，她只希望有一日不爱接电话的时候可以拒绝听电话。

他们一家习惯早睡。

十一点对李宅来说可以算是半夜三更。

宜室伏在大床上，听无线电喃喃唱慢板子情歌，心想辛劳半辈子，才赚得丁点享受，除非阎罗王来叫，否则，她不起来就是不起来。

偏偏这个时候，电话铃大作。

"别去听，"她说，"惩罚这种不识相的人。"

但尚知怕他父母有要紧事。

"找你。"他对宜室说。

"我不在。"

尚知笑："你在何处？"

"我已化为蔷薇色泡沫，消失在鱼肚白的天空中。"

"美极了，快听电话。"

宜室无奈地接过话筒："喂，哪一位？"

"宜室。"

这声音好熟。宜室侧耳思索，人脑最大优点，是可以抽查储藏资料，不必按次序搜索，电光石火间，她已认出声音的主人。

宜室自床上跳起来。

但她维持缄默。

"你不认得我了？"对方有点苦涩，"宜室，我是英世保。"

"哦，认得认得，"越是这样说，越显得没有印象，"好吗，许久不见。"

越是客气，越是显得没有诚意，宜室做得好极了。

"宜家并没有把你家电话告诉我，我的一个助手，叫白重恩，她与我说起……"

"啊，白小姐的确是宜家的朋友。"

英世保实在忍不住："宜室，你到底记不记得我是谁？"

"我记得，当然记得。"

"你可收到我的信？"

"收到，谢谢你的问候。"

英世保兴致索然。"打扰你了，宜室。"他已肯定她对他这个人全然没有概念，"我们改天再谈。"

"好的，改天喝茶。"

"宜室，我住在温哥华亚勃尼街。"他生气了。

宜室不出声。

他嗒一声挂上线。

宜室一手是汗。

"谁？"尚知问。

"他说他是我朋友。"宜室扮得若无其事。

尚知不在意："听你口气，仿佛不知道他是谁。"

"我记性的确差得不像话，几次三番忘记带锁匙，掉了眼镜，不见钱包。"

"宜室，不要紧张，船到桥头自然直。"

"尚知，不知怎的，我心彷徨。"

"宜室——"

尚知刚要安慰娇妻，那边厢两个女儿却闯进房来，小琴控诉："你看，妈妈，这条玻璃珠竟叫瑟瑟扯断，掉得一地都是，再也捡不起来。"

小琴双手捧着散开的珠子迎光一闪，像眼泪。

瑟瑟争着为自己辩护，跳上床，躲进母亲被窝："我没有我没有，我只不过拿来看看。"

小琴恨极了，把手上的珠子用力掷向妹妹："你非得破坏一切才甘心。"

水晶珠子滚在地上，失散在床柜角，宜室木着一张脸。这一场活剧，更把她此刻的心情破坏得淋漓尽致。

小琴哭了。

小孩子到底可以哭。

宜室不得不撑起来主持公道："瑟瑟，你跟爸爸到书房去，爸爸有话同你讲。"

尚知把小女儿挟在腋下出房。

宜室又说："小琴你过来。"

小琴坐在床沿，她又不知道怎么样教训她才好。

过半晌，宜室疲倦地说："别哭了，将来要哭的事还不知有多少。"她长叹一声。

小琴不肯罢休，别转身子。

宜室拉开抽屉，取出她自己的珍珠项链，交给女儿："喏，给你更好的。"

小琴接过项链，戴上，照照镜子，一声不响地出去。

宜室熄掉灯，稍后尚知进来，她没有再与他说话。

宜室的心情一直没有恢复。

西岸阳光充沛

贰·

经过这一役，心中坦荡荡一片空明，原来没有什么是放不下的，将来大去，丢弃皮囊，过程想必也是这样。

下班回来，沉默寡言。

她听见尚知乘机教训琴瑟两女："妈妈对你们失望，很不快乐。"

琴瑟本来小小的面孔更加似缩小一个号码，怯怯的，但仍然倔强，辩曰："以前我们也常常吵架。"

她们的父亲打蛇随棍上："妈妈的忍耐力有个限度。"

宜室忙着准备各种文件的真本，又拨电话给有经验的亲友，打听会见时需要回答些什么问题。

时穷节乃现，有些人含混不清，根本不肯作答。宜室急了，逼问："说不准备找工作是不是好些？"对方竟说："是吗，你也听说？"宜室重复："退休人士机会是否大一点？"对方又狡猾地答："我好像也听人讲过这件事。"根本牛头不对马嘴。

宜室看一看话筒，只得怪自己学艺不精，搞到这种地步，于是知难而退，道了歉，说声谢，放下电话。

尚知笑："看你，自讨没趣。"

宜室霍地站起来："我也是为这个家，你李老爷躺着不动，这些琐事烦事，不得不由我这老妈子出丑，你不但不安慰几句，倒来嘲弄讪笑，你好意思！"说到最后，声音有点颤抖。

"宜室，我没有这个意思。"

宜室真正赌气了："好，不支持我不要紧，届时别指望拉着我衫尾一起走。"

她转进书房，大力拍上房门。

墙上一张风景画应声摔下。

直到半夜，父女派瑟瑟做代表，轻轻敲门，并说"妈妈对不起"，她才打开门。

第二天贾姬见宜室抽烟，大吃一惊。

"受了什么刺激，"她问，"婚外恋？"

"真的有这种事，为什么没有人追求我？"

贾姬打量宜室："你不够风骚。"

"所以要学习风情万种地喷出一连串烟圈，颠倒众生。"

贾姬哈哈笑："我知道你烦的是什么。"

"真的？"

"下班同你吃日本菜，与你详谈。"

第一次，十多年来第一次，宜室没有向家里报告行踪。

三杯米酒下肚，她略为松弛。

贾姬犹疑片刻，微笑说："你知道吗？我也是加国移民。"

宜室吃一惊，意外地睁大眼睛。

贾姬轻轻说："我在一九八二年就办妥移民。"

"不可能，"宜室说，"别开玩笑，一九八二年你我已是同事，你根本没在加拿大住过。"

"你说得对，我没在那边住。"

宜室更加诧异："你不怕资格被取消？"

"那边没有我离境的记录。"

"我明白了，你自美国边境偷返本市，这个捷径我听过多次，总觉得不妥。"

贾姬摊摊手："找不到工作，不能不走。"

"你经哪个城市？"

"水牛城[1]。"

"遇到突击检查怎么办？"

"别这么悲观好不好。"贾姬毫不在乎地笑。

"谁开车接你送你？"宜室问个不休。

"姐姐，她用我的名字买了辆旧车，我有那边的驾驶执照。"

宜室点点头："这就是姐妹的好处了。"

"你也有妹妹呀。"

"可惜伊是一阵不羁的风。"宜室苦笑。

"所以，到头来，我们会在一个地方见面。"

"你打算几时回去？"

"我有我的难处，宜室，不比你，我没有家庭，即使买得起百万华厦，独个儿守住十亩八亩地，又如何挨得天黑。"

宜室憨憨地说："总比连大屋都没有好呀。"

贾姬道："你根本不知寂寞为何物。"

"这是什么话。"

"一早结婚生子上岸，你有什么机会寂寞。"

---

[1]　水牛城：布法罗（Buffalo），美国港口城市。

"妹妹，我的苦处又何尝可以一一告诉你知。"

"喂，刚才的事，你要替我严守秘密。"

宜室跳起来："真讨厌，不能见光的事硬要我听，又叫我守秘，白白增加我心理负担，万一江湖上有什么风吹草动，立即怀疑是我说的，何苦来。"

贾姬悠悠然："谁叫你是我朋友。"

"这顿饭我不付账。"

贾姬说："你为见官紧张了许久，我指点你一二，你就受用不尽。"

"你说得对，这些年来，自问修炼有成，任何不愉快事件，都当水过鸭背，一笑置之，但一想到要去见移民官，寝食不安。"

"惨过当年挟着文凭见工？"

"初生之犊，趾高气扬，永不言倦，某公司不录取我？那简直是他们的损失，何惨之有。"

贾姬笑着接下去："失恋嘛，那是对方没有福气，嘿，自信心战胜一切。"

"可是现在你看我多么气馁，我是发起人，将来生活得好，是家人适应能力强，万一遇到挫折，我即成罪魁祸首，心理负担一千斤重。"

"李尚知不会不支持你的。"

"贾姬，我老觉得你了解李某，好像比我更多。"

这种谈话一点益处与建设性都没有，但最大乐趣往往来自漫无目的式的聚会及无聊话题。

尚知等她的门，没有问她行踪，他太了解她，宜室性格温顺，给她豹子胆，至多在街上站十分钟，就会自动返家。

尚知猜得没错。

到了约定时间，李氏夫妇穿着大方得体，上去接受采访。

事情非常顺利，一位棕发女士与他们俩攀谈二十分钟，尚知与宜室无懈可击的英语令女士甚有好感，他们填报的财产数字也使她满意。

宜室的警惕心已经放松，说到将来的工作问题，她说："外子去信多封，希望应征到职位。"

尚知在桌子下用脚踢她。

女士问："有无回应？"

尚知又踢她。

宜室有点光火，索性将身子挪开，答道："新学期还没有开始呢。"

一离开人家的办公室，宜室便问尚知："你鬼鬼祟祟、蝎蝎螫螫干什么？"

"我不过想提醒你，逢人只说三分话。"

"我说多错多，做多错多，却从来没有连累过你，我也是一个成年人，多年在社会上工作，无须你处处提点，才能办事。"

"宜室，你为何这样毛躁？"

"我每做一事，你便挑剔一事，你到底想证明什么？"

"宜室，自从搞移民那日开始，你整个人变了。"

宜室瞪着尚知半晌，伸手去截部计程车，跳上去。

尚知并没有阻止她。

计程车驶了十分钟，宜室的心仍然不忿。

变了。

抑或未到紧要关头，彼此真面目没有披露的机会。

这种时候，最好能够到娘家憩一憩。

但是宜室没有娘家，这是她平生至大遗憾，一遇急事，连个退避之所都没有。

不久之前，手下一位年轻女同事小产，伯母天天中午挽了补品上来，悄声对宜室说："女儿与公婆一起住，我若把当归汤送到她家，怕她婆婆多心，'怎么，你女儿在我家没的吃，要你巴巴送食物上来？'只得拎到办公室给她喝。打扰你们了，李太太，你趁热来一碗。"

宜室当场感动得鼻酸眼涩。

今日，这个感觉又回来了。

她时时幻想有个舒适的娘家，一回去便踢掉鞋子倒在沙发上，诉尽心中牢骚，让慈母安抚她，为她抱不平，然后，吃一顿饱，心满意足离开。

每当有这个非分之想，她便骂自己：汤宜室，有人生来满头疮比你惨十倍又怎么说，比上不足比下有余知足常乐。

车子终于停在家门口。

小琴来开门问道："一切进行得怎么样？"

宜室答："如无意外，过几个星期，我们可以检查身体。"

谁知道小琴欢呼起来。

宜室怔怔看住女儿。孩童对于未知并无畏惧，只觉新鲜，与成年人刚刚相反。

"小琴，动身之前不要把这件事说出去。"

"为什么？"大人的顾忌实在太多了。

"万一不成功，不用解释。"

小琴搂瑟瑟的肩膀，说悄悄话去了，根本没有把母亲的忠告放在心内。

尚知斟一杯茶给她："傻女，气消了没有？"

"我不傻会嫁给你？两袖清风，身无长物。"

还在气。

"宜室，我实在没有把握一定找到教席。"

"我暂时不想再讨论这个问题。"

"宜室，你看上去疲倦极了。"

她摸摸面孔。

是的，白重恩来住了两天，她思潮起伏，从未止息。这位不速之客把她保护周密的回忆抖将出来，引起无限荡漾。

宜室没有睡好。

"宜室，我感觉你与我疏远了。这是你一贯作风，一有难题，你就自我封闭，躲在角落，不肯与我商量。"

宜室不出声。

这时候门铃却响了。

小琴好奇地问："谁？"

她跑到门前张望，打开木门，隔着铁闸，与来人攀谈。

宜室不放心，走过去查询："什么人？"

门外站着一位少年，十七八岁年纪，身形高大，相貌清秀，有一双会笑的眼睛，使人一看上去就有好感，穿着套普通的牛仔衫裤，已经显得气宇不凡。

宜室先是一呆，这是谁？

然后她依稀记起，不胜讶异，难道是他？长这么高了？上次见他，还是孩童。

小琴疑惑地说："妈妈，他说是我舅舅。"

宜室内心交战，人既然来了，总得招呼他，小家子气地轰走他，更留下话柄。

只是两家从来不来往，他来做什么？

那少年在门外赔笑道："姐姐，不认得我了？我是汤震魁。"

尚知连忙上来解围，将门打开："快请进来。"

宜室让开身子让他入屋。

宜室记得上一次见这个半弟，是在他们父亲的葬礼上，他穿重孝，宜室并没有逗留太久，一个鞠躬就走，没仔细看他，此刻客厅灯光明亮，宜室看清楚他的轮廓，奇怪，她发觉她对他没有恶感。

汤震魁，父亲给他这样神气漂亮的名字，可见对他的期望有多大。

而她们两姐妹，嫁得出去，宜室宜家，已经心满意足。

大人偏私，在取名上已可见一斑。

小琴好奇地看着这个舅舅。

汤震魁被瞪得久了，俏皮地向她眨眨眼，小琴讪讪退开。

像宜家！他面孔有些部位简直跟宜家是一个模子出来的，他们俩长得都像父亲。

"姐姐姐夫，中秋节，我同你们送月饼来。"

他把盒子奉上。

尚知接过，用人斟出茶来，汤震魁自若大方地喝一口。

尚知做了宜室的代表："令堂好吗？"

"托赖[1]，还好。"

---

[1] 托赖：托庇、托人之福。

"中学毕业没有？"

"已在理工学院念了一年电工。"

"有没有女朋友？"

"学业未成，哪儿敢谈这个。"

宜室本想细细挑剔他，但观他言行举止，竟没有什么缺点。

他的笑脸尤其可爱，俗云，伸手不打笑脸人，出来走的人，肯笑，已经成功一半。

宜室一直愿意相信那边生的孩子是丑陋的粗糙的，事实刚刚相反，她受了震荡。

他五官俊秀，能说会道，品学兼优，落落大方。

尚知说："你留下吃便饭吧。"

汤震魁答："我不客气了。"

饭桌上，他毫不拘谨，替瑟瑟夹菜，与小琴聊天，完全是一家子。

宜室困惑了。

他这次来，一定有个理由，是什么？

她信他不会笑里藏刀，这是她的家，他敢怎么样。

饭后宜室招呼他进书房，给他一个机会说话。

他有点腼腆，到底还年轻，况且，上山打虎易，开口求人难。

他终于说出心事："听说，姐姐同姐夫搞移民。"

宜室十分讶异：他又是听谁说的？

"这次来府上，我母亲并不知道。"

呵，一人做事一人当，想得这么周到，宜室更加敬重他几分。

"姐姐，我还没有到二十一岁。"

这句话似没头没脑，但宜室到底是他的同胞，思路循一轨迹，怎么会不明白。

"一切费用我自备，只希望姐姐可以助我一臂之力，申请我过去。"

宜室不出声。

"也许我的请求太过分，但请姐姐包涵。"

他并没有提到他们的父亲。

这孩子太聪明，他猜到宜室绝不会给逝去的父亲面子。

"可是，"宜室说，"我们的表格已经递过去，并且，已经会见过有关方面专员。"

汤震魁失望，但他再度抖擞精神，抱着万分之一的希望，问宜室："姐姐，表格内，有没有填我的名字？"

这少年人，竟这样天真。

宜室看着他，一时无言。

他低下头："身为移民，继续升学，不但方便，而且省钱。"

"我相信父亲已替你留下足够的教育费。"

"我希望毕业后留下工作。"

"剩下你母亲一个人，她不寂寞吗？"

"那是细节，并不重要，男儿志在四方，她会原谅我。"

宜室沉默，过了很久很久，她才转过头来，说道："有，表格上有你的名字，待我落了籍，申请你过去，你且在理工学院读到毕业未迟。"

少年原以为无望，情绪有点低落，忽而听到宜室说出这番话来，惊喜之余，反而怔怔的，难以启齿。

宜室拍拍他圆厚的肩膀。

她多希望他是她亲生弟弟，一刹那有拥抱的冲动。

"姐姐——"

"不要多说了，这件事，你放心，必定成全你。"

也许事后会后悔，但宜室此刻实在不忍心看到他有求而来，空手而回。

"我改天再来。"

宜室点点头。

她送他出去，少年恢复笑脸，心花怒放，双眼闪着晶莹的感激神色。

关上门，宜室看见尚知一脸问号。

"我以为你恨他们。"

宜室茫然坐下："我有吗？"

"当然有。"

"我知道母亲恨他们入骨，而我是我母亲的女儿，且我母亲除出我们，一无所有。"

"原来是徇众要求。"

"尚知，我做得对不对？"

"助人为快乐之本，当然做得正确。"尚知停一停，"只是，你从来不与他们来往，如何得知他出生年月日？"

宜室答："我当然知道。"

怎么可能忘记，就是那一天，父亲回来，同母亲摊牌，那边，已替他生了大胖儿子，他要搬出去。

宜室躲在门角，一五一十，全部听在耳里，一个字都没有漏掉。

听过那种无情无义、狼心狗肺的宣言，耳朵会得生癌。

宜室少女的心受了重创。

本来，今日是报复的好机会，她可以指着那女人生的儿子的脸，数落他，侮辱他，最后，拍他出去。

但，宜室搜索枯肠，算不出这件事同汤震魁有什么关系。

有什么事会同婴儿有关系？

难道，汤宜室的所作所为，李琴李瑟得负全责？有哪一个受过教育的人会这样想？

尚知说："我为你骄傲，宜室，我说错了，你没有变，你仍然是天真慷慨的汤宜室，你永远是。"

宜室紧紧握住尚知的手。

"原来你一早把他填进表格。"

"我确有这么一个弟弟。"

宜室到书房角落坐下，真的，少年的她，编过一个详尽的剧本，名叫《报复》，对白分场都十分齐全，经过多次修改，剧情紧凑，无懈可击，汤宜室当然担任女主角。

没想到等到好戏上演的一刻，她发觉剧本完全派不上用场。

"因为，"她喃喃地说，"现实生活用不到那些词。"

用言语刻薄那孩子，以白眼招呼他，撇嘴，喉咙中哼出不屑的声音来，把他贬得一文不值，徒然显得汤宜室浅薄无知。

于汤震魁有什么损失？一条路不通，走另一条，十多岁的男孩子，走到哪里不是遍地阳光，谁能阻挠？

这名无辜的男孩子自出生起已经做了她们姐妹俩的假想敌。

宜室像是听见她父亲的声音："够了。"

一定要把这件事向宜家报告。

也许，自填表格那日起，她就想认回这个弟弟。

宜室靠着沙发睡着了。

清晰地，她看到自己轻轻走进一幢老房子，那是他们童年的故居，汤宅位于四楼，宜室卧房窗口对牢一个小公园，她缓缓走进睡房，靠在窗框上。

一点风都没有，肃静，也没有声音。

宜室不知自己要张望什么，但心有点酸了，回来了，如今她已有温暖的家庭、可靠的丈夫，什么都不用怕。

然后，她看见公园的草地上出现一个人影。

灰色宽身旗袍，短发，正背对着她走向远处。

"妈妈！"宜室脱口而出。

是母亲，她在小公园里。

宜室伏到窗框上，竭力叫喊："妈妈，妈妈。"

听到了，她听到了，她轻轻转过头来，向宜室凄然一笑，摇一摇手，继续向公园那一头走去，很快消失。

"妈妈，妈妈。"

宜室睁开眼睛。

"妈妈。"小琴探过脸来。

宜室瞪着女儿，这才想起，她也早已做了别人的母亲。

"你睡着了？"

"我太疲倦了。"

"妈妈，刚才那位是小舅舅？"小琴试探问。

宜室点点头。

"为什么我们从来没有见过他？"

"有点误会，所以避不见面。"

"我同瑟瑟也有误会，"小琴遗憾地说，"可惜还得朝夕相对。"

宜室不禁笑，又见她在劳作，问："有问题吗？"

小琴把毛线交给母亲："这里漏了一针，挑不上来。"

"我来看看。"

这年头做家长真不容易，天文地理都得精通不在话下，还得懂钩针织缝。

当下宜室看了看："这花样我不会，明天带到公司去，给秘书长瞧瞧，她教我，我再教你。"

"谢谢你妈妈。"

"不用客气，是我乐趣。"

宜室把毛衣收进公事包。

第二天，她利用午饭时间，学打毛衣。

同事替她带了饭盒子上来，贾姬例牌出去吃，独女每个星期要找十四组饭友，真是桩苦差，但有时见她坐在那里翻杂志啃苹果，又觉凄清寂寥，宜室替贾姬介绍过几个异性朋友，都没有下文。

一次贾姬对宜室说："楼下公寓添了个新生儿。"

"你怎么知道？"

"秋天的星期天下午，声音传得清且远，我独坐书房，听到他牙牙学语。"

她脸色忽而柔软起来，无限依依，带点向往，一个无名婴儿，感动了她。宜室不忍，连忙开解她："半夜哭起来，你才知道滋味。"

但贾姬为他辩护："这个晚上从来不哭。"

宜家也一样，陪她逛公园，看到婴儿车，总要走近研究："这个丑，但手臂好壮，哎，好玩。""这个眼睛瓷蓝，美得不像真人。"……评头品足，不亦乐乎。

一早写了遗嘱，把东西都留给李琴李瑟，而且也不忌讳，先读给外甥女知道，宜室记得瑟瑟听后鼓起小嘴巴说："小琴比我得得多。"为此很不高兴。

真残忍。

心中有事，日子过得非常恍惚，注意力放在那张入境证上，其他一切都得过且过，不再计较。

宜室一件新冬装也未添，女同事大包小包抱着捧着回来，互相展示比较观摩，她都没有参与。

到了那边，未必需要这一类斯文名贵的办公道具，暂且按下，待事情明朗一点再说。

要把柜里那些衣服穿旧，起码还要花三两季时间。

遇到这种时分，身外物越少越方便。

贾姬说："怕什么，装一只货柜运过去即可。"

但购物讲心情，宜室暂时失去这种情趣。

抵达那边，置了房子，一切落实，再从头开始囤积杂物未迟，务必堆山积海地买，连地库都挤他一个满坑满谷。

检查身体那日，一家四口告了假，浩浩荡荡出发。

医务所水泄不通，每人发一个筹码，轮候的人群直排出电梯大堂。

宜室下意识拉住瑟瑟手不放，怕她失散，瑟瑟带着一个小小电子游戏机，老想腾出手来玩耍，同母亲说："就算我挤失了，也懂得叫计程车回家。"

瑟瑟说的是实话，但宜室仍然不放心。

小琴投诉："妈妈我口渴。"

"忍一忍，待会儿我们去吃顿好的。"

从一处赶另一处，尚知笑问宜室："像不像羊群？"

宜室白他一眼。

抽血的时候小琴忍痛不响，豆大眼泪挂在睫毛边，终于抵挡不住地心吸力，重重掉下。幸亏瑟瑟年幼免疫。

宜室发觉她根本没有能力保护孩子们。

扰攘一整个上午，一家子弄得面青唇白，宜室忍不住，走进一家平日想去而总觉太过奢华的法国饭店，舒服地坐下，伸伸腿，一口气叫了生蚝与干煎小牛肝，才挽回一点自尊自信。

李尚知恢复得最快，他笑说："没想到这么折腾。"

宜室不想再提，她召来侍者："我们准备叫甜品。"

小琴问父亲："天天都有那么多人受指定去检查身体？"

宜室问她："你要草莓还是覆盆子？"

肚子饱了，感触也就减少了。

回程，瑟瑟在车上睡着，宜室把小女儿紧紧抱着，神经质地想："瑟瑟，不怕，有子弹飞过来，母亲也会替你挡着。"

随即觉得自己变成妄想狂，闭上眼睛，长叹一声。

尚知看在眼内，去拍她的肩膀，原表示安慰，谁晓得宜室整个人跳起来。

轮到尚知不知所措。

到晚上，宜室才镇静下来，想到事情已经办得七七八八，又生一丝宽慰。

还剩一次体格检查，就大功告成了。

琴瑟两姐妹在看电视。

宜室听到小琴恐惧地尖声问妹妹："他们为什么不反抗？"

宜室过去问："你们在看什么节目？"

两个女孩子蜷缩在沙发上，互相搂紧。

宜室见她们不回答，便转向荧幕，只见穿着军服的纳粹军人把衣衫褴褛的犹太籍男女老幼赶成一堆一堆……宜室伸过手去，啪一声关上电视。

小琴跳起来抗议："妈妈，我们正在看。"

"有什么好看，打算做噩梦？"

小小的瑟瑟嘘出一口气，可见她也害怕。

宜室问："为什么不看阿姨替你们录的幻想曲？"

瑟瑟拍手："好呀。"马上过去拿录像带。

宜室同尚知说："烦恼也可以这样子啪一声，像关电视机似的关掉就好了。"

尚知放下报纸，讶异地说："你还没有学会这项功夫？"

"没有，"宜室颓丧地答，"我低能。"

尚知又举起报纸。

第二天，宜室下班，推门进屋，觉得室内气氛异样。

小琴还没有换校服，轻轻说："舅舅来了。"

宜室放下公事包。

小琴接着说："还有他母亲。"

汤震魁自书房转出笑说："姐姐，我在看瑟瑟做功课。"

"令堂呢？"

"在露台看风景。"

宜室一留神，看到一位妇人坐在藤椅子上，背对他们，凝望维多利亚海港。

汤震魁低声说："母亲说要亲自向你道谢。"

母子一而再地未经预约私自上门，恐怕是故意的，怕宜室推辞不见他们。

宜室走到露台，那妇人站起。"大小姐。"她这样称呼宜室。

宜室清清喉咙："你请坐。"

"这里景色真好。"她称赞说。

真的，黄昏的天空一条紫一条蓝，海水碧绿，昂船洲静静躺伏在海中央，衬托着邮轮军舰，似一张专卖给游客的油画。

"这间宿舍，也不过只得这点好处罢了。"宜室笑说。

她的笑容，极其自然，并无丝毫勉强之处。

"大小姐刚下班？起早落夜，也真辛苦。"

宜室一怔，有点感动。

从来没有人说过她辛苦，丈夫、孩子，都认为她出外工作是应该的，他们根本没有见过休闲的汤宜室，久而久之，连宜室自己也认为活该如此。

"习惯了。"宜室坐她对面，叫女佣换杯热茶。

两个人都没有防范对方，且很快察觉，大家都开心见诚，并无武装，说话，也不带一根刺，非常舒服。

"震魁的事，真麻烦你了。"

"他长得十分出息。"

"什么都不懂。"

宜室说："我发觉，人总要过了三十，才会有一点点聪明悟性，他还小呢。"

她笑，过一会儿，站起来说："大小姐，我也要走了，打扰你了。"

宜室发觉她一点也没有老，看上去，年纪像是与汤氏姐妹相仿，笑起来，眼睛弯弯，自有一般事业女性所欠缺的媚态。宜室的目光极之客观，一点偏见也没有。

宜室送她到门口。

"你们快成行了吧？"

"大约要等明年中。"

"届时我同震魁来送行。"

宜室笑一笑，汤震魁过来陪着母亲走了。

宜室关上门。

"妈妈你看我们的礼物。"小琴笑着说。

她捧着一只大洋娃娃，半个人高，金色鬈发，平放时，眼睛会得合上，直竖它，眼睛又会打开。

连宜室都笑了，不知多久没见过这种人形玩偶，都不流行了，但这一只做得精美异常，一顶大草帽上缀着无数绢花，裙子上花边累累，面孔与手掌都用瓷做。

宜室说："小心玩，这是仿古复制品，很名贵。"

"瑟瑟那只穿海军装，是个男孩。"

宜室小时候也有那样的洋娃娃，惠罗公司买回来，还戴着小小白手套呢。

瑟瑟紧张地问母亲："我可以把所有的玩具都带走吗？"

宜室伏在露台栏杆上看夕阳西下，听见瑟瑟语气焦急，不禁惆怅。

才几岁大的孩子，已经对身外物有许多留恋，样样舍不得，事事丢不下，再过几年，可怎么办?

也该看看该撤下什么了。

若请教宜家，她一定说:"咄，通通送人，到那边再买新的，何必打包付运卸货，麻烦得要死。"

但是，两年来珍若拱璧的数十本照相簿带不带? 既然不舍得，那么，孩子们的成绩表、证书、贴过壁报板的图画也得带，尚知心爱的若干线装书当然更加要带，这样一算，反正已经半只货柜箱，不如干脆填满它，皮大衣、家具、银器、水晶灯、瓷器，一股脑，开张清单。

如果不是移民，谁会去仔细数身边的杂物。

要做到像宜家这样坦荡荡，谈何容易。

宜室自惭形秽，她仿佛听到妹妹笑她:"痴人，红尘里的痴儿，到头来，你连你的皮囊都要搁下，何况是一两件珍珠玉石。"

但是宜室贪恋风尘。

她先为她名下的身外物列一张单子，运用她的管理才华，将财产分为几个项目，细细一一数清楚。

宜室不相信她拥有这么多!

她简直像是在写一本货品目录。

历年来不停地买买买，偶尔也把不需要的东西送人，或干脆丢掉，但还是堆山积海。

原先认为自己生活再朴素不过的宜室竟自储物室翻出六十八双鞋子。

其中不少是晚装鞋，不能不备，但穿的次数不多，簇新，款式已经不流行，白扔在那里蒙尘。

每个晚上，宜室有条有理地收拾一个小时，到周末抽空亲自送到慈善机构。

尚知说："这么快已经做起来了。"

宜室对他的置评不予置评。

每丢弃一件东西，都要下一次狠心。

一日，瑟瑟陪她折叠衣服，问："这件好大的裙子，是你的吗？"

"是我的孕妇服，怀小琴的时候穿过，怀你的时候再穿。"

瑟瑟顿时不服气："我一向穿姐姐旧衣服，没想到在妈妈肚子里，也一样穿姐姐穿过的衣服。"

宜室笑作一团。

"妈妈，这件衣服，不要送人好不好？"

宜室讶异："为什么？"

"一送人，妈妈就忘记怀育我们的情形了。"

"怎么会。"

"不会也已失去证据。"

小小年纪的瑟瑟说话有许多哲理，令宜室费煞思量。

宜室向瑟瑟解释："带在身边也没用。"

没想到瑟瑟反问："难道除去书包与校服，什么都没用？"

宜室也有点糊涂，她只觉得许多爱与恨都似没了着落，本来应当扑上同继母好好理论，把过去恩怨通通数清楚，但一想到迟早要离开这块地这些人，忽而手足无措，反应失常迟钝。

看在旁人眼中，只道汤宜室忠厚纯良。

那堆过时的孕妇服，还是送出去了。

也许是宜室多心，但是她仿佛觉得把一部分记忆也送走，点点滴滴加在一起，到最后，抵达加拿大温哥华市的，可能只是汤宜室的一具躯壳。

最刺激的一回，是打开一只饼干锡罐，取出一对小小的穿着新郎新娘礼服的人偶。

"这是什么？"瑟瑟从来没有见过。

小琴兴奋地说："我知道，是结婚蛋糕上的装饰品！"

"对，"尚知笑，"正是你父母的结婚蛋糕。"

瑟瑟问："那时我与姐姐出生了没有？"

"呵呵呵，"尚知看妻子一眼，"非礼勿问，我与你母亲克己复礼，婚后足足一年，你姐姐才生下来。"

宜室说："无论怎么样，这件废物我决定带走。"

尚知嘘出一口气："人类真是奇怪。"他也发觉了："自恋成狂，一切同自身过去有关的一草一木，都当作宝贝，可见自视有多高。"

"李尚知，"宜室说，"还没轮到你那些图章石头印泥盒子邮票本子呢，别嘴硬了。"

尚知连忙噤声。

"限你们各人在四个星期内列清单子，好让我做总会计。"

众人哗然。

"太苛限了，三个月差不多。"尚知叫苦。

"我整个房间里一切都要。"小琴最干脆。

"那匹摇摇马是否借给了表弟？要向他拿回来。"瑟瑟说。

宜室叹口气:"我有种感觉也许我们永远走不成。"

验眼时他们才发现小琴有两百多度近视。而尚知一时嘴快,把七岁时患过肠热的病历都告诉看护。医生很不客气地对宜室说:"整形美容也是一项手术。"意思是请从实招来。

一切一切,都叫李家筋疲力尽。

小琴问母亲:"下一步是什么?"

"都做完了,现在单是等入境证就行。"

一家四口恍然若失,有种反高潮的失落感,所有的节目都表演完毕,那,空出来的时间怎么办?

尚知鼓励两个女儿:"你们的清单还没有交出来。"

"该去订飞机票了。"宜室说。

小琴略觉宽慰:"找学校。"

宜室说:"看房子。"

尚知做出总结:"所以,好戏才刚刚开场。"

太热闹了,宜室怕她吃不消,要精神崩溃。

百上加斤,她还要如常上班。

星期日更得拉大队往广东茶楼与亲友聚会。

琴瑟她们挺不喜欢这种场合,坐着静静不动,冷眼旁观，表弟妹喧哗，在地上打滚追逐吵闹。

兼得母系遗传，她俩情愿到咖啡室吃巧克力冰激凌苏打饼干。

一位表亲笑问："你们几时逃难？"

宜室假装聋了双耳："这块核桃酥倒很好吃。"

"我们决定不走了，要走也走得成，前几个月哪，凡有身份证，都获批准移民加拿大。"

"怕什么怕得那么厉害？"有位太太问宜室。

宜室取起茶壶，逐位添茶侍候，始终维持笑容，唉，能应付那一百几十位同事，就能敷衍这群太太奶奶。

一顿茶下来，比打仗还累。

小琴说："我觉得好像有人讽刺我们。"

"是吗，亲戚间如果停止冷嘲热讽，就显得生疏了。"宜室笑。

"我结婚要找个没亲戚的男人。"小琴生气。

"听见没有李尚知，女儿比我有精慧得多了。"

李尚知苦笑。他的海外教席仍无下落。

宜室好像从头到尾没有为他未来的职业担心过。她决定提早退休，也下意识鼓励尚知做随从。

尚知听见宜室临睡前朗诵名句："无丝竹之乱耳，无案牍之劳形。"她立定决心要说服自己。

女性勇敢起来真是可圈可点。

尚知扪心自问，要他带头办这件复杂的大事，可能做不到。

他手上有一颗田黄，去年老父游玩时替他买来，一直不知刻什么字，忽然灵感来到，他跑到书房，埋头苦干，刻了吾爱吾妻四个字。

也不拿给宜室看，悠然自得，心头宽慰。

宜室进来，看见书桌上堆满工具，咕哝道："一间书房几个人用，挤逼得慌，非买幢大屋子不可，五六个房间，大把私人活动空间。"

这是每个人都会有的奢望。

她写信到温哥华地产公司索取资料，房屋经纪反应热烈，很快手头上小册子一大堆。

尚知说："宜室你即将成为专家。"

谁说不是。

"你看这一幢多理想，永久地权，总面积二千三百七十七平方英尺，两层高全新前后草园，地码四十六英尺乘

九十八英尺，四间睡房，一客厅一饭厅，游戏室、家庭室，
还有，厨房宽达两百多英尺，喷嘴浴缸，两个壁炉，加房
间壁柜，两个车房。"

　　小琴听得虚荣心发作，伏到母亲身边说："哗。"

　　尚知问："开价多少？"

　　"已经涨上了。"

　　"多少？"

　　"十八万四千九。"

　　"不可思议。"

　　"拿来当都值得。"

　　"切戒暴发户口气。"

　　"真的，还送厨炉灶头洗衣干衣机，全屋地毯灯饰浴室
梳妆台一应俱全。"

　　小琴问："妈妈我们几时走？"

　　"确是个安居乐业的好地方，试想想这里新发展区明年
年底才能入伙的八百平方英尺新公寓都开价一百万，且是
个空壳子，一切自备。"

　　尚知答："安居是，但我不知在那边我有没有资格乐业。"

　　"尚知，你几时见过世上有十全十美的事？"

"你好像真的豁出去了。"

"尚知,我需要转变环境,十多年来埋头苦干,腰背已经佝偻。父亲赠我遗产,就是想我生活过得舒服些自在些,我不想辜负他的心意。"

尚知无言。

"自大学出来,我俩一直做到如今,没有真正休息,我一直想,人生除了辛劳工作,一定还有其他吧。星期六下午出差,听到隔壁人家洗麻将牌清脆的声响,羡慕得嘴巴苦涩,几时轮到我也凉凉去。"

尚知笑容勉强:"怎么搞的,思想好似封建时代小媳妇。"

"我们这一代妇女做得似全天候乌龟,女同事间小产事件越来越多,无他,体力实在负荷不来,母体产生自然保护作用,只得挽救自身,牺牲胎儿,以图生存。听上去很原始很残忍吧,太平盛世,表面上吃得好穿得好,精神却扯至崩溃边缘……"

尚知劝道:"你这篇保卫妇女宣言是几时写下的?"

宜室料到尚知同情而不了解,只觉无味。

只听得尚知说:"睡吧。"

凡是遇到棘手而一时不能解决的问题，他总是建议睡，仿佛一睡烦恼便自动消失。说也奇怪，李尚知睡觉本领比谁都大，从不失眠。

宜室不服气。"睡睡睡。"她喃喃道。

尚知笑："声音别那么大，邻居听到，以为我们是色情狂。"

宜室啼笑皆非。

第二天，宜室回到写字楼，看见贾姬坐在她位置上看她的报纸。

宜室一瞥，边脱外套边说："不是叫你看副刊，小姐。"

"你管我呢。"贾姬咬一口三文治[1]。

她悠然自得，无牵无挂的姿态令宜室艳羡，真的，一箪食，一瓢饮，单身人士，不改其乐。一旦有了家室，怎么飘逸得起来，事事以另一半为重，再下来排到子女，主妇并无地位可言。

贾姬说："奇怪，这些专栏作家，平时各有各风格，通通牙尖嘴利，移了民，寄回来的稿子，却不约而同，顺民

---

[1] 三文治：sandwich，三明治。

似的写起彼邦的超级市场，而且都没声价赞好，却是什么
缘故？"

宜室有个想法，刚要说出来，贾姬比她先开口："西方
极乐世界地大物博，除出美丽骄人的超级市场，一定还有
其他值得书写的人物事吧。"

宜室不出声。

"难道天天就是家到市场，市场到家？"贾姬问，"抑或
离乡别井，牺牲太大，故此不住自慰，看，连市场都比故
乡的圆？"

宜室没好气："你为什么不写封读者信去问一问？"

"拜托，宜室，你若写信给我，千万别告诉我那边的苹
果有多大，花有多香，我会忌妒的。"

宜室没好气问："老板呢？"

"热锅上蚂蚁，有人看房子，她在家侍候，一下子被压
掉十万价，气得不得了，上午告假。"

宜室轻轻说："都为这些忙得憔悴，谁肯好好工作。"

贾姬合上报纸，笑道："我。"

"几时走？总有一天你要归队。"

"该走的时候才走。"

"哎，你大大出息了，说过的话等于没说。"

"你们不打算拖？"

宜室摇摇头："半年内出发。"

"义无反顾？"

"又不是去冥王星，温哥华是个美丽的城市。"

"啊，当然，碧海、青天，还有夜夜心。"

宜室一笑置之，她了解独身人的苦处，没有朋友，便没有生活。

但李氏四口，绝对可以自给自足。

宜室咬一咬铅笔头，心底升起一丝怅惘，抑或，她也像那些专栏作者，喊着口号，盛赞美丽新世界，只为让自己相信？

人类对未知最为恐惧，死亡是最大的未知数，陌生的环境是其二。

信箱里没有信，只有无穷无尽的账单，往往宜室坐下写支票及信封邮寄就得花一两个小时。

一个这样朴素普通的家，开销已经殊不简单。

不住有活水泉源般的收入，一只手来一只手去，还可应付自若。

一个不经意托大，以为小小积蓄便可出发去新世界探险，恐怕要吃不消兜着走。

到这个时候，宜室又希望收到那象牙白的长信壳，解一解她心中纳闷。

挂号寄来的，却是他们家人的入境文件。

重叠叠一大封，宜室在手中称一称，交给一家之主，李尚知佯装轻松，说道："噫，你我从此是加国同胞矣。"

当夜电视上播放黄河纪录片，宜室看到浩瀚奔腾黄色水流咆吼涌入河套，激起漩涡卷起波涛，顿时激动起来，神为之夺，内心呼喊，啊，黄河，但随即沉默下来，低头喝一口茶。

倒是李尚知，唤女儿过来好好观看。

小琴非常客气地说："这便是黄河？果真是黄色的。"口气如同评论密西西比河没有什么分别。"不过，"她想起来，"多瑙河也并不是蓝色的，记得吗瑟瑟，去年到欧洲见过。"小琴对地理一科非常纯熟："加拿大最主要的河流是圣劳伦斯。"

瑟瑟问父亲："爸爸你有没有到过黄河？"

李尚知笑："没有，但我对它并不陌生。有关它的俗语如不到黄河心不死，跳进黄河洗不清，都时常应用。"

小琴说："很有气势的一条河。"

宜室想说，不，不是这样，但终于她维持缄默。

小琴继续说："我喜欢河流，老师说文化随水而发，你看幼发拉底及底格里斯河，尼罗河及恒河，就知道老师说得不错。"

尚知看见宜室在一旁发呆："你在想什么？"

"没什么。"

"有什么感触？"

"没有。"宜室坚决否认。

尚知不再去追问她，他有更重要的话要讲。

"宜室，请到书房来一下。"

宜室跟她进房。

尚知赔笑说："开会开会。"

宜室看他一眼："有什么话要说？"

尚知搓着双手："明年六月我陪你们先去报到。"

"对，女儿要入学。"

"暑假后我打算回来。"

"回来？"

"宜室，夫妻俩都没有工作太过危险，多一份收入可以保险。"

宜室瞪着李尚知，到这个时候才表示退缩？宜室不相信是真的。

是以她再问一次："你一个人回来，我们母女三人住温哥华？"

"是。"

宜室细细在尚知脸上搜索蛛丝马迹："你要与我分居？"

"不，不是法律上的分居，宜室，千万不要误会——"

"啊，无关法律，只是肉体上天南地北，然后如牛郎织女鹊桥之会，一年见一次，问候一声，可是这样？"

"宜室，这不过是暂时之计。"

"李尚知，同你做夫妻这么久，我一向没有与你讨过价还过价。但这一次，我老老实实告诉你，我决不分居，离婚可以，但不分居。"

"宜室，你听我说。"

"不用多废话，亏你说得出口！原来从头到尾你没有赞同过这个计划，你一直希望证件不批准是不是？"

"宜室，我有我的苦衷。"

宜室双手簌簌发抖，她动了真气："那是一定的，可不是我陷你于不义。"

"宜室，我还有父母需要供养，难道也每月在你那笔遗产里扣数？你有没有听过一句话叫坐食山崩？"

宜室呆住。

"你没有考虑到这些问题吧，总不能让李家老中小三代都靠汤宜室女士一个人的积蓄以度余生。"

"你那公积金部分给他们不就可以。"

"太太，那我同孩子吃什么？"

"你思想搞不通，船到桥头自会直。"

"宜室，你为何要匆匆忙忙地走？"尚知去拉开窗帘，指着对岸灿烂的霓虹灯，"开仗了吗，住不下去了吗，你的一切烦恼，是否一到西岸，会得自动解决？"

他的声音越来越大，宜室也不甘示弱："走的不止我们一家，潮流如是，大势所趋。"

尚知静下来，过一会儿他问："只是这样吗，因为大家有，所以你也要有？宜室，这不比人有钻戒，你也要设法弄一枚回来。"

宜室凄苦地笑了："李尚知，即使我是一个那样肤浅的女人，你也从来没有满足过我。”

尚知用双手掩住面孔。

宜室说："我不想再讨论这件事，幸亏，也同时不幸，我不是你的附属品，你不想走的话，我带着两个孩子走。"

"请你告诉我，为什么？"

"人各有志。"宜室推门而出。

"宜室，我竟一直不知道这些年来你不快乐。"

"你现在知道了。"

宜室本想出来找孩子，但客厅空无一人。

她们听到父母争吵，回避到房间去了。

宜室把床铺被褥搬到书房长沙发上。道不同志不合的两个人还同睡一张床，实在太过猥琐，做人要有起码的自尊。

宜室取起电话，向宜家吐了半夜苦水。

宜家每过十分钟便笑说："电话股一定会上升，拥趸实在太多，生意来不及做。"

宜室不去理会这些揶揄："大难还没到哪，已经要各自飞。"

"给李尚知一个限期，从你抵埠半年起计，有没有工作都得过来团聚。"

"这半年我拖着两个女儿怎么办？"

"买房子呀，选家具呀，找学校，要做的事多着。"

"那同寡妇有什么分别？"

宜家笑："再不挂电话你整个礼拜的薪水就报销了。"

宜室问："所以你不肯结婚是不是？"

宜家承认："我早已发觉与另外一具肉体、另外一个灵魂情投意合是没有可能的事，不必痴心妄想。"

"可是相处已经这么多年了……"

"他有他的苦衷，尚未出发，已有分歧，勉强他上路，也不会有好结果。"

"总是我让步，宜家，你是我妹妹，你亲眼看见，我让母亲、让丈夫、让同事，让让让让让，到头来让得生癌。"

"求求你也让我一让，挂电话吧。"

宜室只得结束谈话。

一连几个礼拜，她都没有说话。

圣诞节，收到白重恩的贺卡，她细细写出他们一家的名字，可见是花了心思的。

新历年三十夜，是尚知生日，往年由宜室主持大局，纠众大吃一顿，今年宜室心灰意冷，无意组织派对。

家中气氛十分冷落。

过了年，宜室把辞职信交给庄安妮。

庄安妮说："我三月份走，你呢？"看样子房子终于卖掉了。

宜室不想说太多，没有回答，回到自己的角落。

贾姬看她一眼："还有九十天。"

宜室笑一笑："就这样结束了我伟大的事业女性生涯。"

"别往自己脸上贴金了，事业？牛工一份，阁下离职，五千人填上来。"

"我也很明白没有人会因我离去而哭。"

"有人说庄安妮递了信又想取回，被大老板回绝。"

"有人嚼舌根，她那样老谋深算的人，怎么会轻举妄动，你我加起来都不及她聪明，她会留这样的把柄？荒谬！"

"当我没说过。"

"外头的天地是很大的，孵在小圈子久了，以为只有这里才有阳光空气，贾姬，你比谁都应该走出去看看世界。"

贾姬唯唯诺诺："多谢指教。"

宜室笑："我会想念你。"

贾姬看她一眼："你会熬过去的。"

你怎么知道？

"孤芳自赏的人绝对不怕寂寞，生存在赞美颂扬中的人，走到异乡，才无法忍受冷清。"

宜室朝她一鞠躬。

自该日开始，宜室每翻一张日历，都心惊肉跳，平时也慨叹日月如梭，到底还带一二分潇洒，比不得如今，每过一天，大限便近一日。宜室本来就没胖过，怕倒下来，只得拼命吃。

李尚知当然不会不闻不问，已经替琴瑟办好入学手续。

宜室问："是不是名校？"

"名校要到一九九〇年才有学位。"

"你不是开玩笑吧？"

"千真万确，东西两方，人同此心，家长踏穿名校门槛，挤得头破血流，不如顺其自然，要有出息，自修亦能成才。"

"你要为她们努力争取呀。"

"宜室，最近我也累了，人算不如天算，就进公立学校好了。"

"你呢？"

"多给我六个月，宜室，让我殿后。"

宜室无奈，她说不服他，正如他也说不服她。

"宜室，辛苦你了。"

宜室低下头："或许半年后你会乐不思蜀，或许还有更好的日子等着我们。"

最高兴的是小琴，天天拿着电话向每一位同学道别，清脆快乐的声音，比平常说话高两个拍子："再见，再见，再见。"毫无感情，毫无留恋。

语气太过真实，太不虚伪，叫宜室无地自容，这凉薄的小女孩从何而来？

一定是像宜家阿姨，宜室心宽了，可见嫁祸是多么有趣的一件事。

李家只关心尚知的动向，对宜室，漫不经心，这么多年，姻亲始终是姻亲，能够做到相敬如宾，已经大为不易，功德完满。

农历年后，宜室告老还家，堕落真是痛快，每天睡到十点才起床，敷着面膜看报纸喝红茶，下午专等女儿放学回来厮混，深宵看粤语长片，往往为剧情及演技感动得鼻子发酸。

没想到还无意拾到一段这样适意的日子。

可惜就要走了。

四月份潮湿天气，人人烦恼，尚知却一脸笑容回来。

连鞋都不脱便跳上沙发："宜室，好消息。"

宜室不去搭腔。

小琴这个时候却捧着一本书走过来："妈妈妈妈，原来中国人在十九世纪大批移民到加拿大，是为着育康省的金矿。"

"你在读什么？"

小琴摊开书："我自图书馆借来。"书面上写着"移民"两个大字，"后来他们参与建筑加拿大太平洋铁路，"小琴脸上露出惊骇的表情，"成千上万的苦工死在那条铁路上。妈妈，那时候，同中国人做生意的商户都落在黑名单上，排华组织用白漆在中国人家门上打十字做记号，真可怕。"

尚知连忙说："小琴，那已是历史了。"

"这里说五代之前，即是祖母的祖母那一代。"小琴有时非常执着，不肯放松。

宜室的胃里却是被塞了一大块石头，连小琴都来表示不满。

尚知嚷："喂喂喂，怎么完全没有人要听我的好消息？"

宜室看着他："请说吧。"

"我找到工作了。"

宜室心头先是一喜，随即沧桑地笑，李尚知枉做小人，太急着要抛妻弃女，看，她同他说过，船到桥头自然直，不是应验了吗。

尚知知道她想什么："俗云不怕一万，只怕万一。"

"你的真面目已经暴露，到头来，你把自己看得最重。"宜室悻悻的。

"宜室，不要在孩子面前说这种话。既然一家子可以同步出发，既往不咎，如何？"

宜室沉默，但是她已经知道他经不起考验。然而，试练是残忍的，对尚知不公平，但她多么希望他是可仰望的强者。

"宜室，这份工作也还是暂时性的，只做一个学期。"

怎么忽然都变成活一天算一天了。

"只得先去了再说。"尚知叹一口气。

他松了领带，像是很累很累，倒在沙发上，闭上眼睛。

宜室忽然看见他头顶上有一簇白发，这是几时生出来的，怎么她从前一直没有发觉？

不会是油灰吧，她过去拨动一下，不，是货真价实的白发。

尚知动了一动，他是那样疲倦，不消一分钟就睡着了，这是不是逃避现实的一种方法？

宜室扪心自问：没有逼得他太厉害吧？但是，这半年来，她比他更吃苦更不讨好，又怎么说。

晚上，宜室为了对尚知的好消息表示兴趣，问道："薪酬怎么样？"

"两万。"

宜室一怔："这么多？"算一算港币，是十二万，不会吧。

尚知苦笑："是年薪两万。"

宜室张大嘴："你开玩笑。"

"我没有。"

"是一份什么样的工作？"

"何必细究。"

"尚知,我不允许你委曲求全,宁可不卖,不可贱卖。"她霍地站起来。

"宜室,我已经尽了所能,请不要再节外生枝。"

宜室缄默。

这算是好消息?骑驴寻马在现今商业社会是下下之策,一骑上了驴背,全世界的人就当你是骑驴的坏子,一辈子都下不来,一生都不用想碰骏马的鞍。

情愿静心等候一个好机会。

没到异乡心已经怯了,慌慌张张把这样低三下四的差事都接下来。

宜室没有把心里的话说出来,量尚知也不要听。

她仍旧睡在书房,自由自在,到凌晨两点才熄灯就寝,如做独身女。

也像独身时一样,因前途未卜,心有点酸酸的。

动身前两日,宜室带着小琴到置地广场去吃茶。

这个空调、名牌密布的商场是本市小布尔乔亚最依恋之地,仍然车如流水马如龙,花月正春风。

谁会在乎李氏四口离不离开。宜室惆怅得说不出话来。

小琴说:"爸爸不敢告诉祖母我们一去不回头。"

"我们会回来的。起码一年一度。"

"觉得爸爸不愿走，"小琴略为不安，"是不是纯为我们前途着想？伊丽莎白的母亲天天说移民是为孩子。"

宜室喝一口黑啤酒，刚在斟酌字句，小琴又说："妈妈最近很少说话。"

宜室只得苦笑。

实际上他们并没有带走家私杂物用品，大部分都旧了，任得亲友来取走；也不去劳动货运公司，由尚知自己动手，装了十来个盒子，存在父母家，等到有地址，才付邮寄出。

宜室长这么大，才明白什么叫收拾细软。她对尚知说："经过这一役，心中坦荡荡一片空明，原来没有什么是放不下的，将来大去，丢弃皮囊，过程想必也是这样。"

尚知没有回答。

宜室已经习惯自说自话。

西岸阳光充沛

叁·

有人拨快了钟数作弄我们。
我拒绝相信又是另外一年，

在飞机舱内，一家四口蜷缩在一起，宜室觉得人同一窝小老鼠没有什么分别，小琴的头靠在父亲肩上，瑟瑟搭在母亲大腿上睡。

宜室想到她母亲说过上百次的故事："你外婆到火车站来送行，我讶异道：'母亲你来做啥，我到那边去去就来。'你外婆微笑道：'这下一去可难见面了。'我当时还不相信，谁知一别竟成永诀。"

下了飞机经通道进移民局，宜室问自己：不是在做梦吧，怎么扶老携幼地跑到这里来了？

也来不及深思，尚知小跑步似的抱着瑟瑟去排了个头位，转身唤她："宜室，快。"

人龙中其他人等看上去均神情轻松，宜室低下头，她闻说过关时千万不要与人打招呼，否则该人的行李出了纰漏，连带阁下的箱子都逐寸逐格地搜，但宜室低头还不是因为这个，她知道她有多憔悴。

出了飞机场，在计程车上坐好，尚知才说："真幸运，行李全没打开。"

"哎，原来估计起码要两个钟头，现在三刻就出来了。"

"人龙里有没有看见林太太？"

"没有。"

"她气色甚好。"

宜室脱口说："人家一向坐头等舱，脚也伸得直一点，不伤元气。"

"我们也一样平安抵达呀。"

宜室伸手过去："是的。"

小琴转过头来说："妈妈你看天气多好街道多么干净。"她用的是发音标准的英语。

宜室仍然觉得脚踏浮云。

抵达酒店去取房间门匙，柜台的服务员劈头便说："才八点哪，你们来早了，房间还没整理好，我们交房时间是中午十二点。"

宜室有她的牛脾气："叫你经理出来。"

"叫谁都不管用。"

"我只叫你经理。"

尚知过来说："小姐，两个孩子坐长途飞机都累极了，我们多付半日房租如何？"

服务员瞪他一眼："你何不早说？"

行李马上送上楼，门匙立刻到手。

两间双人房打通给他们用，尚知急忙安排瑟瑟睡下，小琴站在露台看风景，宜室匆匆洗一把脸，听见小琴问："那是史丹利公园？"下了飞机，她没有再讲中文。

"我累坏了。"宜室说。

尚知说："与旅行完全不同滋味可是？"

宜室苦笑："不可同日而语。"

小琴又说："我认得那个湖泊，它叫迷失湖。"

宜室走过去，眺望湖光山色，山顶烟霞渐渐散开，空气清晰一如水晶，风景如画。

在这种美景良辰，宜室却想起旧公寓露台上那几盆养得半黄不黑的盆栽，没有人浇水，过三五七天就枯萎了。

她内心戚戚，像是丢下什么生命不顾似的，表情木然。

小琴去扭开电视机，相貌堂堂金发蓝眼的美少年在报告天气，这里是低气压，那里是云带，指着北美洲地图，振振有词。

宜室坐在床沿，怔怔听他花言巧语，最后总结："西岸，阳光充沛。"

连续一个星期，他们都没有失望。

阳光的确充沛，无处不在，直晒下来，无遮无掩，晒得宜室两颊生出雀斑，晒得她发梢枯燥，晒得她睁不开双眼。

一家四口每天吃了早餐才出去看房子，酒店咖啡店里鸡蛋卖一元五角一个，光是吃鸡蛋就去掉一百港元。

尚知还顶幽默："这样就穷了。"

宜室都笑不出来。

晚上，宜室在浴间用手洗内衣，尚知见她良久不出来，进去查视，只见背心裤子晾得如万国旗般，大吃一惊，宜室也不抱怨，抬头看着尚知。

尚知说："不行了，快快选择房子定居恢复正常。"

但是宜室忽然嫌列治文区的空气死寂，又跑到西区去找贵价房子，经纪是个善心人，劝她："李太太，不如先租来住。"

宜室不肯，一蹉跎又一个星期，酒店单子如天文数字似的累积。

尚知已与大学接过头，他那边问题解决了，便来帮宜室："喂，速战速决，一般独立洋房都是那个标准格局。"

宜室皱上眉头："经纪说谁谁谁那种人，通通住在列治文。"

尚知瞪大眼睛，不相信这话出自汤宜室之嘴："你是谁? 本年度六千多名移民中选出来的皇后花魁? 人家住那个区，你就偏偏住不得? "

宜室不去睬他。

"汤宜室，来，告诉我你不是那样的人，说你不是法西斯主义。"

尚知像是哄小孩子的语气。

宜室微弱抗议："我想住得好一点，大家也没有地方可去了，日日夜夜就是守着这个家……"

终于还是照原定计划，选了幢宽敞的舒适小洋房，一整条新月路上都是那样的房子，稍不留神，保证摸错门口。

孩子们十分高兴，亲自挑选家具，尤其是瑟瑟，忽然受到大人般的尊重，表示喜欢新生活。

宜室做梦也没想到，她会是最最最不适应的一个。

因为孩子们可以去上学，尚知天天乘顺风车办公，她孤单地留在屋子里，完全落单。

要是能够无聊地坐在后花园悲秋，倒还好些，偏偏家务事如排山倒海似的压下来，自早到晚，双手不停，做来做去做不完，宜室觉得极端困惑。

从前有家务助理，只觉得她闲闲散散，不费力不用心，轮到自己动手，才明白果真见人挑担不吃力，宜室成日价团团转，下午琴瑟放学回来，她还没吃中饭，忙着熨衣服。

小琴往往发觉汤已滚干，锌盘里脏碟子杯子堆积如山，垃圾桶还没有拎出去，而母亲，却呆呆地坐在无线电旁，在听一首旧歌。

小琴连忙安排妹妹沐浴更衣，随即帮母亲清洁厨房，从前小琴一直不明白家政课有什么鬼用，现在她知道了。

尚知一回来便看线路电视的体育节目，一句话都没有，临睡之前总是轻拍宜室肩膀，不知是叫她忍耐呢，还是表示支持。

第二天一起床，宜室又得面对另一天辛劳工作。

退休？恐怕是退而不休。

宜室从来不知道人类的三餐要花这么多时间来伺候，整天就是做完吃吃完又做，一下子肚子又饿嘴巴又渴，牛奶果汁一加仑一加仑那样扛回来，转眼成空。

还有，原来一件衬衫洗涤晾晒的时间比穿的时间长得多，重复又重复地熨同一件条纹衬衫，宜室开始同它说话："我俩再这样见面，人们要思疑的。"

坐办公室的时候，铁定七小时工作，一小时午膳，一年有那么三五七趟，超时赶死线，上司感动得声音发酸，几乎连天使都要出来唱哈利路亚，工作完成，大老板必发公文致谢。现在？天天做十六小时还是应该的。

宜室震惊过度，不知怎么沦陷到这种地步，明明知道应该学开车，结交新朋友，发掘新兴趣，到城里逛逛，却全搁置不做。

同她想象中的生活差太远了。

待她胜任家务的时候，三个月已经过去，宜室觉得她完全迷失自我。

宜家与她谈过几次，她没有说什么，只轻轻道："似做梦一样。"

宜家讶异，一场梦怎么能做一百多天。

"我想家。"

"这就是你的家了。"

不是，不是，是吗？是，不是。

"圣诞我来看你。"

"宜家，快点来。"

宜家差白重恩找她，宜室接到白小姐电话，横推竖推，都没有成功，白重恩坚持那是宜家命令。

白重恩开着小跑车前来列治文，宜室听到引擎声，前去启门，只见女郎绑着豹纹丝巾，穿着鲜红呢大衣，明艳照人，宜室觉得恍若隔世。

"你气色很好。"白重恩笑说。

深秋，碧蓝天空，一地红叶，像文艺片中男女主角谈情的好时光，宜室强笑道："我面如土色，还不快进来，让我泡杯好茶待客。"

白重恩带来一大盒糕点。

两女坐在厨房一谈半日，宜室一边讲一边发觉说得实在太多，但无法停止倾诉，不计后果，也要一吐为快。

"……说到头，太娇纵了，都没有正式做过全职主妇，在写字楼，又有一队人服侍，后生秘书司机成群，你看现在，"宜室伸出一双手，"只剩我同十根手指。"

白重恩说："我替你找个帮工。"

"有呀，日本人来剪草，尚知负责洗车，连瑟瑟都学习整理房间，比开头已经好得多。"

"那么每星期六你放自己一天假，出来走走。"

"我不会开车。"

"学，我来教你。"

"我真正无能。"

"胡说，你所懂的在此地一时无法施展而已。"

宜室苦笑。

"你看，这端的是个鸟语花香的城市。"

宜室答："可惜不是我的鸟不是我的花。"

白重恩虽是混血儿，也听懂了这话："但，你的故居也不过一块受殖民统治的地，你根本没有国籍，宜室，你是一个这样聪明的知识分子，为何不设法适应你的新家？"

宜室见白重恩说得这么率直，可见是真把她当作自己人，更加憔悴。

"这当然是你的花你的鸟，三年之后，你唱了加拿大国歌，就成为加拿大公民。"

宜室握着杯子不出声。

"思念的感觉是浪漫的，"白重恩微笑，"但不能把所有时间沉湎下去。"

"你的口气同宜家如出一辙。"

"所以她派我来呀。"

"你同宜家两人构造特殊，乐天知命，可以到处为家。"

"你借家务来逃避是不是？何用做得一尘不染，"白重恩四处打量，"天亮做到天黑，你也就不必放眼去看新世界了。"

宜室暗暗吃惊，好一个聪明伶俐玻璃心肝水晶肚肠的人。

"你要给你自己一个机会。"

宜室吸一口气，点点头。

白重恩笑："我得走了。"她留下一张卡片："有空打电话给我。"

宜室送她到门口。在异乡，见过两次面，已经算是知己。

从前上班，天天与要好的同事闲聊，上至天文，下至地理，畅所欲言，并不特别珍惜，说完即散。

宜室忽然知道她错在哪里，她高估了自己的适应能力，低估了自己的敏感度。

宜室没有做饭，在后园沉思到黄昏。

邻居太太尝试过与她打招呼，见她总是匆匆避开，也就不再去贴她的冷脸，自顾自晾衣服。

小琴早已习惯母亲的忧郁，放学回来，自冰箱取出现成的汉堡牛肉，送进微波烤箱。

又把衣服自干衣机取出，逐件折叠。

因为小同学都这么做，小琴完全认同这种生活方式。

"妈妈，星期六我去看电影可好？"

"同谁去？"

"同学。"

"瑟瑟呢？"宜室问。

"在房里，她今天受了刺激。"

"发生什么事？"

"有人侮辱她。"

宜室霍地站起来："谁？"

"是一个同学，他问瑟瑟，是否每个支那人都开洗衣店，又问她父亲是否开洗衣店。"

宜室脸上一下子失去血色："那同学是白人？"

小琴答："想必是。"

宜室提高声音："瑟瑟，瑟瑟，你下来。"一边噔噔噔跑上楼去。

只见瑟瑟坐在书桌前。

宜室把她身子扳过来，声音十分激动："不怕，瑟瑟，我明天同你去见老师，务必要讨还公道。"

瑟瑟却明快地说："不用了妈妈，我已经教训了他。"

宜室呆住："什么？"

"我一拳打在他鼻子上，告诉他，这是支那人给他的礼物。"瑟瑟愉快得很。

"你没有！"

"我有。"

宜室瞪大双眼，看着瑟瑟笑嘻嘻的小面孔，发觉孩子比她强壮坚决，已学会保护自身，争取权益。

"他有没有受伤？"宜室急问。

"没有，不过下次，一定叫他流血。"瑟瑟摩拳擦掌。

"我的天。"

尚知站在门口，全听到了，哈哈大笑："宜室，孩子们的事，孩子们自会解决。"

"这是种族歧视。"

"我不认为如此，幼童口无遮拦，专门爱取笑他人特征，譬如单眼、秃顶、赤足，并无恶意，你别多心。"

"就这样算数？"

"人家家长不来控诉我们暴力，已经算是运气。"

宜室发觉尚知语气平淡。什么，他也习惯了？他也默认他乡为故乡？

宜室发觉她像是流落在另外一个星球，家人通通变为异形，思想与她不再共通，她退后两步，背碰在墙上。

尚知说下去："别把事情看得太严重，对了，今天晚上吃什么？"

宜室孤独地回到睡房，对牢镜子问："汤宜室，你这一生，就这么过了吗？"

尚知在她身后出现，把一杯牛肉茶与一碟子饼干递给她："你不是最向往这种平凡安逸的生活？"

宜室歇斯底里地笑出来。

"你应该来大学看看我们的实验室，设备不错。"

宜室笑够了，叹一口气。

"以前你一向对我的研究有兴趣。"

以前李尚知是副教授，此刻他只是人家助手。

"你不是对我没有信心吧？"

宜室顾左右而言他："我打算重新学车。"

"那得先出去买一辆自动排挡房车。"

"今夜不，我累。"

"你不是疲倦，你是害怕。"

"尚知，不要再分析我的心理。"

尚知沉默一会儿，跟着也改变话题："星期天我请赖教授吃午膳。"

宜室没有反应。

"你准备一两个菜吧。"

谁知宜室炸起来："我不是你的奴隶，李尚知，我不受你指挥，这是我的家，我是主人，你要同谁吃饭，请出去方便。"

尚知发呆："你不想认识新朋友？"

"我已经认识够人了，不劳费心。"

尚知反而有点宽慰，至少她同他吵架，相骂也是一种交流方式，打破三个多月来的冰点亦是进步，表示汤宜室愿意尝试破茧而出。

宜室用手掩着脸："我想静一静。"

办不到，她才不肯低声下气捧着鸡尾酒招呼丈夫的上司及上司太太。

李尚知是李尚知，汤宜室是汤宜室，两个人经济独立，毫不相干，没有纠葛。

星期六，宜室一早就起来了，日短夜长，天色昏暗，但仍同小琴说："陪妈妈到城里逛逛。"

小琴说："就快下雨了。"

"小孩子怕什么雨。"

小琴略为不安："我约了人看电影，记得吗？"

原来如此。

宜室还不经意："看午场？"

小琴一转手表："我们先去图书馆。"

门铃响，李宅不大有访客，这该是来找小琴的。

小琴去开门，站在门口与同学说话，冷空气撞进屋子，宜室高声说："请你的小朋友进来坐呀。"

小琴让开身子让同学进来。

宜室一看，呆在当地，动弹不得。

那是个身高近一百八十厘米的年轻人，亚裔，英俊，一头浓密的黑发，神情腼腆，叫声"李太太"。

宜室过了三分钟，才弄明白，这是她女儿的男朋友。

男朋友！

十三岁交起男朋友来，宜室不禁伸手去掩住张大了合不拢的嘴。

西岸阳光太过充沛，花过早成熟，才这么一点点含苞欲放，已经有男孩子上门来找。

过半晌，宜室听见自己问他们："你们俩到哪里看电影？"

她震荡过度，声音难免紧张。

"街角的奥典恩戏院。"

"你叫什么名字？"

"查尔斯，李太太。"

"你姓什么？

"你是中国人？"

"中国桂林人。"查尔斯笑了。

小琴还来不及开口，宜室又问："你们是同学？"

"我比小琴高三级。"

"你几岁？"

"妈妈，"小琴说，"我们时间到了。"

宜室彷徨地看着女儿。

她们不需要她，她们完全自主，宜室心都凉了。

小琴安慰母亲："查尔斯已十五岁。"

"啊，你们几点钟回来？"

"回来吃晚饭。"

小琴穿上大衣，打开门，查尔斯礼貌地说："再见，李太太。"与小琴双双离去。

留下宜室手足无措地站在客堂。

她隐隐约约听见小琴说："对不起，她问了过千个问题。"

查尔斯笑答："所有母亲都如此，我很明白。"

小琴代母亲致歉！

宜室怔住，她失态了吗，她令女儿失望？

正确的态度应该如何，难道，到了今天，她才要开始学习做母亲？

宜室取过大衣，缓缓套上，屋里没有人，瑟瑟随父亲出去吃午饭，宜室决心到城里走走。

她带着一张地图。

公交车驶了近一小时才抵达市中心。

她找到汽车行，选中一辆标域，取出支票簿。

车行职员问："全现金？"

宜室点点头。

职员羡慕地说："金钱不是问题。"

宜室答："没有问题。"

"幸运的你。"

宜室把支票递给他。

"告诉我，"那个外国人说，"我们的一元，等于你们六元，为什么，为什么，你们比我们有钱？"

宜室想一想："刚才你说了，我们幸运。"

职员呆了半晌才说："下星期三车子会送到府上。"

"谢谢你。"

宜室截了部计程车往罗布臣街，边逛心里边说：把这里当弥敦道好了，听见了吗，弥敦道。但始终无法投入。

还没走到一半，天就下雨了，冰冷的雪珠扑面，宜室吃不消，躲进一座食物市场。

看到一个卖各式意大利沙律[1]的档摊，她上前一步，觉得肚子有点饿。

柜台后一个金发小子正与三五个同种少女调笑，他用纸托着各式沙律逐一让女孩们试味，她们每吃一块，就笑得花枝乱颤，宜室也不以为意。

宜室说："请给我一百克虾沙律。"

谁知那金毛小子觉得她打扰了他，沉下脸，说："对不起，我正在招呼这些小姐，请你排队。"讲罢一别转脸，继续打情骂俏。

宜室不相信有这种工作态度，真想把适才那车行职员拉了来叫他看，然后说：你现在明白了吧，为什么我们比你们有钱，因为你们把顾客推出门去，你们根本不想做生意。

宜室只得走到另一角落，买了一杯热红茶，捧着喝一口消气。

人离乡贱，怎么争？或者可以用最简单的方法，学瑟瑟那样，挥老拳打他一捶，但是宜室已经意兴阑珊，根本

––––––––––––––

[1] 沙律：沙拉。

不想强出头。

"汤——宜——室。"

宜室微微抬起头来，谁，谁叫她，不会是听错了吧。

"汤宜室，我肯定我没有认错人。"

宜室听真了那声音，双手已经颤抖。

不，不是在这种时候，不要开玩笑，此刻她蓬头垢面，见不得人。

宜室没有勇气转过头去。

"宜室，"那人兜到她面前来，扶住她双肩，"宜室。"

宜室强自镇静，挤出一个微笑："世保，是你。"

一点不错，是他，狭路相逢，宜室已有许多年没有见过他，但一点不觉得他有什么改变，她不敢接触他的眼睛，低着头，傻气地笑。

这样一个神情已经融化英世保，他进食物市场来买橘子水，只见玻璃门前站着一个马尾女郎，那纤细的身形早已刻画在他脑海中，永志难忘，他肯定是她，如果不是她，他也不会放弃这个女子。

他走近她，看到她左耳上一滴血似的红痣，更加一点疑问都没有。

"我早听说你来了。"

宜室已经涨红了脸。

"原本要找你出来也不困难，又怕你像上次那样在电话中浇我冰水，假装不认识我，"他无奈地说，"只得耐心等候。"

宜室从这几句话里听出浓郁的感情。

"世保！"她微笑，"好些年已经过去了。"

英世保看清楚宜室的面孔，也觉得她还是老样子，今天头发有点蓬松，鼻尖冻得红红，她终于站在他面前了，他高兴得不能形容，于是反问："是，许多年已经过去了，又怎么样？"

宜室想，呀，这感觉真好，还有人把她当作少女看待。

"你瘦了。"

宜室失笑："你上次见我是几时，怎么比较？"

"上次见你，"英世保想一想，"昨天，好像就是昨天。"

他竟然仍如此孩子气，事业上他成就非凡，感情上却不务实际，他居然还相信罗曼史。

"我们不能整天站在这里，宜室，你要到哪里去？"

"我没有目的。"

"我们去喝咖啡。"

"我肚子饿了。"

"那么去吃东西。"

"请挑不招待运动衣球鞋的地方。"

"不成问题。"

英世保的座驾是一辆积架[1]麦克二号，宜室一见，哎呀一声，她父亲在二十世纪五十年代便拥有一辆这样的车子，最近最最流行玩改装的旧车，英世保不甘人后。

时间就这样溜过去了，她当初坐上紫红真皮座位的时候，大概只有小琴那么大。

宜室伸手摸一摸桃木表板，恍如隔世，自从抵温哥华以来，她双眼一直带着迷惘，这种神色，使她看上去比实际年龄要小一点。

忽然她听见一阵急骤的撒豆子似的声音，落在车顶上，朝车窗外一看，只见满地有成千上万乳白色的小玻璃珠弹跳，蔚为奇观。

英世保轻轻告诉她："落雹了。"

----

[1]　积架: Jaguar，捷豹汽车。

宜室点点头。

他们竟相逢在一个落雹的日子。

宜室失笑。

"你穿够衣裳没有?"

那倒无所谓,天冷天热,风土人情,都可以克服,新生活慢慢适应,陌生环境会得熟悉,说得文艺腔一点,宜室迫切需要的,只是感情上的一点慰藉。

"喜欢这里吗,习惯吗?"

宜室最恨人家问她这样的问题,本来她已做好皮笑肉不笑的样板答案,像"所有需要适应的因子已全部计算过,皆在意料中"之类,但此时此刻,宜室觉得她再不讲老实话,整个人会爆炸。

她毅然答:"不,不习惯,我怀疑我永远不会爱上这个城市,我想回家。"

英世保像是完全了解,更没有一丝意外。

他把车子驶出去。

他把宜室带到一爿意大利人开的海鲜馆子,叫一桌简单但美味绝伦的食物。

宜室吃了许许多多。

英世保微笑："只有我一个人知道你食量惊人。"

宜室哧一声笑出来。

曾经有一夜，年轻的英世保与汤宜室打算私奔，他请她吃饭，现场观察，大吃一惊，问："老天，你餐餐可以吃这么多？"

那一个晚上，没有铸成大错，宜室的食量居功至伟。

宜室大口大口喝着白酒，渐渐松弛，奇怪，同家人在一起都紧张不堪，与十多年不见的人却可以自由自在。

宜室其实很明白个中原委，她不必向英世保交代任何事，也没有责任，如果觉得不痛快，她可以一走了之，不用解释，自然也无须抱怨。

"白重恩说，你的大女儿，同你长得一模一样。"

"很多人都这么讲。"

"那孩子差一点就是我的女儿。"

"世保，你何用这样荡气回肠。"

他也笑，无奈地擦擦鼻子："我心有不甘。"

宜室看他一眼，她几乎可以肯定，如果他同她结了婚，现在也早已离异。

"你仍然这么漂亮。"英世保的声音带着惨痛。

宜室大乐："世保，你要配一副眼镜了，单是一个白重恩已经胜我多多。"

"是吗，你那样看？但是宜室，没有人会爱我比你更多，在那个时候，女孩子比较懂得奉献，不太会斤斤计较，没有人能够同你比。"

"你的意思是没有人会比我更笨。"

"我不否认你是一直有点傻气的，宜家就比你精明。"

宜室嘘出一口气，坐在这家面海的馆子里，竟不愿意动了。

英世保问："这些年来，你可快乐？"

"生活总有它的高与低。"

"我们在一起的时候肯定快乐。"

"少年为一点点小事就高兴得歇斯底里。"

"此刻你开心吗？"

宜室点点头："我料到会在某处碰见你。"

"这并不是一个大城市，你可知道刚才那座食物市场是我的设计？"

"我听说过。"

北半球的冬日夜长日短，天已经暗了。

宜室抬起头："我要回去了。"

"你爱他们？"

"谁？"

"你的家人。"

"是，很深很深。"

"你怎么可以，宜室，你真是一个可怕的女人，爱得那么频，又爱得那么多。"

宜室微笑："我贪婪。"

这样的对白，李尚知未必听得懂。

"你的车子呢？"

"还没有送到。"

"你必须学会开车。"

"我会的。"

"你有我的电话？"

"黄页里一定找得到。"

英世保飞车把她送回去，高速度刺激带来快感，二十分钟车程一下子过去，英把车停在新月路口。

宜室说："我可以介绍他跟你认识。"她指李尚知。

谁知英世保冷笑一声："谁稀罕认识这种酸儒。"

宜室甚为震惊："世保，你太放肆了。"

"为什么我要假装喜欢他？"他下车。

宜室坐在车里，一时不知是什么滋味。

英世保替她打开车门。

高大的他在暮色中显得英伟不羁，凯斯咪[1]大衣敞开着，猄皮鞋子上都是泥迹，宜室忽然心酸了，她老了，他没有，这个正当盛年的男子，走到哪里不受欢迎？

她低着头急急下车，走到一半，才回头，高声说："再见。"

他靠着车子看她，向她摆摆手。

宜室知道他看的不是她，而是儿时一段回忆。

她太使他伤心，他说什么都要回来弄个明白。

太危险了。

宜室站在家门口，过半晌，才打开手袋乱翻一通，试图寻找门匙。

大门应声而开："妈妈，你到什么地方去了？"

宜室不去理会小琴，直接走上卧室。

---

[1] 凯斯咪：cashmere 的音译，山羊绒。

"妈妈，你生我的气？"小琴追上来。

宜室摇摇头。

"父亲做了鸡肉馅饼，快来吃。"

"我不饿。"

酒意渐浓，宜室倒在床上，闭上眼睛，只觉身子左右荡漾，如坐在一只小舟上似的，头有点晕，却不觉难受了，她睡着了。

车子送来那天她就努力学习，成日在附近路上绕来绕去，撞倒垃圾桶，碰到邻居儿童的脚踏车，隔壁家长见她来了，纷纷令孩子们走避。

宜室明显地疏忽了家务，有一张玻璃茶几两个星期没有清洁过，小琴把电话号码写在灰尘上，宜室只装没看见。

她无法集中精神去做这种琐碎功夫。

瑟瑟同她说："我没有干净衬衫了妈妈。"

宜室跳起来："啊，对不起瑟瑟。"

她连忙到处张罗，该洗的洗，该熨的熨，瑟瑟披着浴袍，耐心在一旁等候。

"妈妈，你不舒服？"

"没有，我很好。"

但是手忙脚乱，好不容易让瑟瑟穿好衣服上了校车，回到厨房，又想怠工。

太内疚了，家里面四个人，个个都努力地做好分内工作，只除了她这个主妇。

宜室开了一瓶威士忌，放两块冰，大大呷一口，心神略定。

那日下午，她把屋子从头收拾一次，累得倒在沙发上，边喝酒边叹息："我把财富与孩子带到这个家中，我做得似一头母牛。"

电话铃响。

男孩子找李琴小姐。

小琴已经加入新的社交圈子了，宜室惆怅地想，如鱼得水，年轻多好，弹性丰富的适应力不怕凹凸不平的新环境。

大门一响，宜室转过头去，看到尚知回来。

夫妻对望一眼，无话可说，尚知缓缓走过，放下锁匙，拿起酒瓶，看了一看。

他发觉茶几上的灰尘消失了，问宜室："今天觉得怎么样？"

宜室诧异地问："你怎么这个时候回来？"

尚知没有回答。

宜室说："我们现在都不讲话了，唯一的对白是，今天晚上吃什么？周末则何，有啥节目？"

尚知靠在沙发上。

"到了此地，我还没有收过家用。"

李尚知仍然不作声。

宜室觉得不妥，看着他。

李尚知自口袋取出一张支票，交给宜室，宜室一看，面额两千多。

"这是什么？"

"我的收入。"

"这个月的薪水？"

"就这么多了，他们决定一次性付我这笔酬劳，同时，有关方面认为计划无继续研究价值，已经取消。"

宜室呆呆地看着尚知，半晌，把支票还给他。

尚知说："从明天起，我不用上班了。"

"哦。"宜室应一声。

她完全不知道应该说什么，按一按太阳穴，表示头痛，避到书房去。

那个下午，李尚知把车子驶出去停在路边，把车房改装成一间工作室，他分明是想躲进去，不出去，离得妻子远远的。

小琴回来看见。"爸爸在干什么？"她问。

宜室说："我不知道。"

"妈妈，你们怎么了？"

"过来帮忙，开饭了。"

"妈妈，以前你们不是这样的。"

宜室本来端着一锅热腾腾的咖喱鸡，闻言，双手一松，泼翻在地，她尖叫起来，一声又一声："不要再逼我，我已经尽了所能。"

她奔上楼去，取了车匙，开门便走。

小琴追在母亲后面："妈妈，妈妈。"

宜室已经发动车子，一支箭似的飞出大马路。李尚知冷冷地看她离去，沉默地把一张沙发床拖进车房。

小琴无助地看向父亲："爸爸——"

"不要去理她。"

他太恼怒了。

为着她的馊主意，他放弃前半生所有成就，陪她来到这个陌生的地方，她却比他更早更快对这个决定表示后悔，对他的努力视若无睹，对他的挫折不表同情，不加援手。

李尚知的失望非笔墨可以形容，如果不是为着两个孩子，他早已打道回府，他不打算再与宜室共同生活。

宜室的车子一直向市区驶去，她不熟悉道路，惊险百出，终于在一家商场的停车场停下来，她下车，摸出角子，打公共电话。

她统共只认识一个人。

"白重恩小姐。"

白重恩很快来听电话："宜室，好吗？"

宜室清清喉咙："我没有驾驶执照，车子停在橡树桥商场，不敢开回去。"语声似个做错事的小女孩。

白重恩真正可爱，若无其事地说："你先逛逛商店，半小时后我在电话亭等你。"

"谢谢你。"

"哪里的话。"

宜室呆了一会儿，走进商场，漫无目的，一家家店铺走过去。

身后跟着一家人，讲粤语，兴高采烈，谈论着这个城市。

"真是好地方，根本不用讲英语。"

"什么都有，同本家没有什么分别。"

"天气又好，再冷不过是现在这样。"

"物价稳定，好像十年前的香港。"

说得似天堂一样。

"回去就办手续申请过来。"

宜室想说，不，不是这样的。

那一堆人发现了宜室，朝她笑笑，往前走去。

宜室呆呆地站在衣架子前。

售货员过来问："太太，我能帮你吗？"

宜室这才想起，这几个月来，连添一件衣服的兴趣都没有。

她看到一件豹纹的毛衣，白重恩的尺码应当比她大一号，叫售货员包起来。

回到大门口，看到白重恩已经在两头巡视，四目交投，"宜室。"白重恩松口气，可见是关心她的，宜室十分感动。

"带我到你公寓去过一个晚上，我不想回家。"

白重恩微笑："上车吧，跟着我驶。"

白氏小小的公寓向海，精致美观，宜室一看就喜欢，一个人住真好，不用服侍谁，不用吃力不讨好，她也想买一套这样的公寓躲起来，自己过活，图个清爽。

白重恩套上宜室送的毛衣，更显得身段凹凸分明。

说什么宜室都不相信她追不到英世保。

白重恩说："每个人到外国住都会胖，单独你瘦。"

宜室笑问："胖好吗？"

"不好不好，一胖就显得粗笨，村里村气。"

"但表示对生活满意。"

白重恩给宜室一杯酒："宜家在欧洲也越住越瘦，食量似只鸟，一片烟三文治夹面包算一顿饭。"

"能把她叫到温哥华来就好了。"

"她怎么肯。我如果不是为一个人，也早就回伦敦。"

宜室一震。

白重恩自嘲："每个人都有根筋不对路。"

宜室笑了，精神一松弛，又想着家里，两个孩子吃了饭没有，会不会被母亲失常举止吓着？

宜室无限内疚，用手托着头，与白重恩各有烦恼，心中各有各不足之处。

白重恩鉴貌辨色："我送你回去。"

宜室冲口而出："回去干什么，也不过煮饭洗衣服。"

白重恩诧异："在我这里，也一样得煮熨洗，人类在哪里都摆脱不了这些琐事。"

宜室发呆。

"我替你找名家务助理可好，四百五十块一个月，包膳宿。"

"那我更没有理由发牢骚，装作无事忙了。"

白重恩拍拍她肩膀，扭开小小无线电，转到厨房去。

雨停了。

播音员在预告下星期的天气，他们是这样的：先错一个礼拜，然后逐天更正。

电话铃响。

白重恩说："请替我听一听。"

宜室才去取起话筒，已听到话筒那边说："重恩，你怎么开小差，公司有事等着你，喂，喂？"

太荒谬了，兜来兜去，都是他。

宜室说："请你等一等。"

白重恩笑着出来："可是追我回去开会？"

宜室套上大衣："我也该走了。"

"慢着。"白重恩对着电话低低抱怨。

宜室连忙避到卧室去。

床头有一面大镜子，宜室忍不住捋了捋鬓角。

才出来半日，她已经挂住家里，娜拉不易为。

白重恩进来说："我叫人送你回去。"

宜室答："我认得路，不用劳驾。"

白重恩笑道："小心这个人，他叫英世保，是我老板，本埠未婚女子的头一桩心事。"

宜室一呆，不禁恻然，白重恩这么放心，拿心上人向她炫耀，可见汤宜室的外形已经沦落到什么地步了。

宜室咳嗽一声："我不会迷路的。"

"他已经过来了。"

宜室后悔莫及，只得下楼来。

英世保靠在一辆小小吉普车上，英俊粗犷的姿态活脱成为宜室的催命符。

白重恩不知就里，还替他们介绍："我把李太太交给你了。"

宜室的车子只得跟着他的吉普车驶。

不不，不是被逼的，她大可以掉头而去，是她情愿要跟着他。

他们并没有驶往列治文。

吉普车停在一个码头上。

还是宜室先下车，她深深呼吸一口新鲜空气，海鸥低飞过来，想要索食的样子，体积比宜室一贯想象要大得多，羽毛洁白如雪，衬着深灰海水，端的是幅肃杀的风景。

她原以为站一会儿就要回家。

谁知驶来一艘游艇，甲板上的水手向英世保打招呼，两人交谈几句，那分明是他的船。

他先跳上去，也不说什么话，伸过手来，拟接引宜室上船。

宜室只犹疑了一刻，想到家中冰冷的厨房、女儿们失望的眼神，但该刹那，她身不由己，伸出手臂，英世保一拉，她上了他的船。

船有个很美丽的名字，叫姜兰号。

宜室坐在甲板的帆布椅子上，看着迎面的浪，有时候浪花会溅到她脸上，英世保取来一张毯子，搭在她肩膀。

他没有骚扰她，转进船舱，过一会儿，他递一杯拨兰地 [1] 给她暖身。

宜室希望这只船直驶出太平洋，经亚留申群岛 [2]，过白令海峡，找到冰火岛，永远不再回头。

那深紫色的天空的确有能力引发这样的遐思。

宜室的气平了。

姜兰号在港口兜一个圈子就返回码头，冬日天黑得早。

上岸时英世保轻轻说："如果你要进一步走远一点，我会得合作，"他停一停，"请随时吩咐。"

他无须说得更多。

宜室回到家，急急进门，满以为女儿会奔出欢迎。

踏进厨房，看到那锅泼翻的咖喱仍然在地上，动也没动。

上楼去找琴瑟，不见人，自窗口看车房灯火通明，有嬉笑声传出来。

她们敢情已经搬去与父亲一起住了，根本不关心母亲什么时候回来。

---

[1] 拨兰地：白兰地。

[2] 亚留申群岛：阿留申群岛（Aleutian Islands）。

宜室呆了一会儿，才下楼去收拾厨房。

原来如此，稍微有点不合作，贡献略打折扣，即被家人剔除，可见一个主妇的地位何等可悲。

十一点多，琴瑟回来了。

瑟瑟边走楼梯边问："你会介绍查尔斯跟我认识吗？"

"你太小了。"

"假如你们带我去看电影，我答应不吵。"

"周末再说吧。"

瑟瑟推房门："晚安。"

小琴也说："睡好一点。"

接着是房门关上的声音。

把宜室完全关在外头。

宜室即时想通了，她那些牺牲根本是无谓的。

过几日她便看报章待聘广告请了家务助理，天天来两个钟头。

那位女士前来做过埠新娘，移民局疑是假结婚，暂时只准她居留一年，容后观察，再批她移民身份，在家待着闷，乐得出来做事赚个零用。

宜室查过条例，清楚地知道完全合法，才放心留用，从此松一口气。

　　有了帮手，宜室空闲下来，把温哥华的路摸得烂熟。

　　近圣诞，她开车到飞机场把宜家接到家中。

　　宜家仍要住酒店，宜室大发雷霆，宜家只得顺她的意思，还笑说："诉苦不妨，只限一个通宵。"

　　进到屋来，又问："姐夫呢？"

　　"他住在车房。"宜室冷冷说。

　　"啊，已经分居了。"

　　宜家径自到车房敲门，李尚知给她开门，宜家一打量，就知道这并非耍花枪。

　　车房里设备齐全，完全是个缩微公寓，李尚知连蒸漏咖啡壶都带了来，一年半载不回大屋都可以生存，宜家还没见过这么滑稽奇突的生活方式，啼笑皆非，撑着腰，直摇头。

　　"这又是何苦来。"

　　"我们俩已经名存实亡。"

　　"太荒谬了，我还一直以为你俩是我所见过的最标准夫妻。"

　　"我配得起她吗？"

"语气似酸梅汤，姐夫，振作一点，哪怕渡不过难关。"

李尚知沉默。

宜家叹口气，回到屋里去，又劝宜室："你趁他失业，又买车子，又请用人，这样排场，叫他难受。"

宜室不怒反笑："我用的是私蓄，与他何干，难道要卖肉养孤儿才显出真诚意不成。"

宜家扬起双臂："我不相信这是真的。"

宜室冷笑："我也不信，但事情的确发生了。"

宜家叹口气："是因为英世保吧？"

宜室微笑："不，因为我饱暖思淫欲。"

"姐姐，可是外边华人圈子已经传得沸腾。"

宜室一震。

"白重恩已经同我诉苦，她不知道你们是老相好，还以为错事由她一手铸成。"

"你说得太难听，"宜室跳起来，"什么叫老相好，连你都来嚼舌根。"

"我远在伦敦都听见了。"

"你干吗不说阿拉斯加与火地岛都有人听到。"

"李尚知听到没有？"

宜室冷笑："你为什么不问他？"

"姐夫虽是好好先生，你莫逼虎跳墙。"

"看，宜家，你若特地前来做家庭辅导员，不必了，省省吧。"说完她返回楼上。

小琴看着母亲的背影。

宜家说："变得不认得了。"耸耸肩。

小琴倒是很了解："她想念工作想念朋友想念旧时生活方式。"

"新环境没有不对呀。"

小琴笑："不是这样说的。班中有一位同学失恋，有更好的男孩子追求她，她硬是拒绝不要。"小琴指指胸口："我认为是心理的问题。"

宜家对外甥女刮目相看："呜，失敬失敬，你已知道心之奥秘。"

小琴只得笑。

"你要帮母亲渡过这个难关。"

"她会的。"小琴很有信心。

宜家又一次惊异。

"她是一个坚强的女子，"小琴说，"她有她的一套。"

宜家看着小琴："你是几时长大的？"

"在你不注意的时候。"

当然。

宜家逗留了一个星期，抽空见过白重恩。

那混血女郎仰着脸的时候某个角度看上去十分像中国人，一转过头来，又显得鼻高目深，变了一种味道。

她对宜家说："照说净看表面条件，我胜过令姐多多。"

"但，"宜家无意中套用了甥女的话，"她是他心头的一件事。"

"你不说我还真不知道他俩是青梅竹马。"

"现在也不过是普通朋友了。"

"是吗，他对我这样好，也从来没有带我上姜兰号。"白重恩停一停，"那是他最隐私的避难所。"

宜家无言。

"他们为什么没有结合？"

"家母不准。"

"为什么？"

"他们太小，还在求学。"

"事实上只有在那么年轻的时候才会爱人多过爱己。"

"是的。"

"她有没有哭?"

"没有，母亲去世的时候她也没有。"

"她后来结了婚?"

"一毕业就嫁人，生活很幸福。"

"什么是幸福?"

宜家本来以为白重恩揶揄宜室，但是她的表情是认真的，宜家因而反问："你认为呢?"

"身体健康得可以去努力争取所爱的人。"白重恩答。

"我还以为浪漫史已经死了。"

没有，至少对英世保来说不是。

谁看见他送到李宅的青莲色鸢尾兰勿忘我都会这么想。

过新年了。

宜家捧着花束深深闻一下："我拒绝相信又是另外一年，有人拨快了钟数作弄我们。"

宜室更觉荒凉："冬天到底几时过去?"

宜家问："你在这里住了有几个月了?"

"两百二十一天。"

宜家大吃一惊："你每天都数着?"

"所有的新移民都爱数日子。"

"我以为只有狱中犯人才这么做，请你释放你自己。"

一旦放松，还会回头？

"你这样思念老家，不如回去走走，本年内你已在此地住满一百八十三天，不碍移民条例。"

"回去？"宜室茫然。

"是呀。"

"回去干什么，我已经放弃了一切，还有什么在彼岸等我？"

"那么，全心全意投入这里的生活。"

"我做不到。"

"可怜痛苦倒霉的汤宜室。"

"你说得再对没有。"

"找一份工作试试。"

"李教授还在车房孵豆芽，我到哪里去找事做。"

宜家犹疑了一下："英世保那里一定有差事。"

宜室一听，轰然大笑，笑得弯下了腰："你搬石头砸自己的脚，这不是送上门去做流言的主角。"

宜家这才不响了。

"退休是退定了，在老家也未曾做过优异生，在异乡，更无条件奋斗。"

"弄一桩小生意，两夫妻有个寄托。"

"我是那种头脑精明会打算盘的人吗？"

"噫，那怎么等到七十岁息劳归主？"

"汤宜家，我已经够烦，你还来百上加斤。"

"这二百二十一天里，你倒是做了一只茧，只够你一个人住，你可知道瑟瑟天天收看法文电视台？"

宜室一怔："真的？"

"你很久没有查阅她的课本了吧，法文成绩同英文一样好。"

"我知道小琴同一个叫查尔斯林的孩子约会。"

"不是他了，换了个人，现在这个叫周比利，已经约定夏季一起露营去。"

宜室怔怔的。

宜家讥笑她："我不知道你有睁大眼睛做梦的本事。"

这时瑟瑟抱着一大堆衣物进来，分明是她父亲的衬衫裤子，掉了一件半件，瑟瑟没有一秒钟犹疑，立刻用英语说："屎。"

完了，宜室用手托住头，来外国之前，瑟瑟已经背会二十多首诗，李白的诗包括首本名句，"黄河之水天上来，奔流到海不复回"，完了。

宜家笑："可怕，是不是？"

再过一年，瑟瑟会忘记怎么写李字。

"你得管管她的中文了。"

宜室有感而发："加拿大英语发音没有一点标准。"

"是吗，"宜家答，"不觉得，我到多伦多及温哥华从来没有说过英文，用广东话足以通行。"

下午，两姐妹到银行办事，在柜台前面轮候的通通是中国人。

职员填到"蓝塘道""太子道"，就一如这些街道在温哥华那么熟稔。

宜室忽然想起来，她有一件大事未办，汤震魁等着她申请过来呢，那孩子不知心急得怎么样了。

即时前往移民局取了表格，因有一件事要做，精神振作起来。

经过唐人街书局，看见言情小说，买了一堆。"让小琴闲时看看也好，至少心中有中文的影子。"她说。

走过菜市，又买了竹笋："做炒面吃。"精神像是有点恢复。

宜家略觉安心。

晚上厨房热气腾腾，香味四溢，琴瑟过来探望好几次，等吃之情毕露。

宜室用玻璃碟子盛了食物，递给小琴："这是你父亲的份，过去车房同他一起吃吧。"

宜家忍不住哧一声笑出来。

宜室悻悻地说："人住车房，车摆街上，冻得引擎打不着火，开什么玩笑。"

"阁下芳邻也深觉纳罕。"

"谁？"

"一位何太太，以前是鼎鼎大名的女明星。"

"各人自扫门前雪，我就从来不管闲事。"

"小姐，多个朋友聊聊天，有什么害处。"

"可以解决寂寞吗？"宜室挑衅地问。

宜家忍无可忍，趋过身子去："你心头那团火，只有一个人能熄灭，宝贝，你在燃烧。"

宜室这才知道自己过火了。

该天晚上，她第一次到车房参观。

李尚知在看新闻报道，没有招呼她。

宜室点点头，说道："这地方舒服极了。"

李尚知欠欠身子："笋丝肉丝炒面水准极佳。"

"呵，若要不瘦又不俗，天天竹笋烤猪肉。"

"宜家明天就要走了。"

宜室没有回答，她真不舍得宜家走。

"我订了飞机票，过两天也打算回家。"

这是必然会发生的事，这表示正式分居。

李尚知也尽了力了。

"母亲想念我。"

他并没有说什么时候回来。

宜室也没有问，不是因为憋着一口气，而是觉得不重要，她何尝不觉得自己也已经尽了力。

"拜托照顾孩子们。"

宜室失笑。

李尚知抬起头来，一脸问号。

宜室解释："这种对白，叫我想起古老广东电影里的情节，少小离家老大回，抗战胜利，家人重逢，女儿已经亭亭玉立。"

她不待尚知回答，便离开车房。

不知怎的，在这个冬日的天空，竟然满天的星光灿烂，宜室站在小路上很久很久，也不觉得冷，对街的小洋房像童话中的屋子，一格格灯光金黄色，白雪公主似的要随时探出头来。

宜室很小很小的时候，或许比瑟瑟更小，有位阿姨，指着儿童乐园，说白雪与红薇的故事给她听过，宜室记得当时她还不是很识字，心里唯一的希望，便是有朝一日，可以读懂所有的童话。

都过去了。

宜室不相信她也曾经做过小孩子，记忆中没有那回事，她好像一生下来已经是琴瑟的母亲，李尚知的妻子，童年及少年的一切，是她看小说看多了，学着作家假设出来的情节。

天气冷，一定接近冰点，她返回屋里。第二天，白重恩也到飞机场送宜家。

看到李氏夫妇，很大方客气地点点头。

现代人真文明，思想全部搞通，白重恩并没有嫁祸于任何人。

宜家说："夏天我再来。"

什么叫闲云野鹤，看她就可以知道。李尚知竟不知宜室的车子已开得出神入化，不禁慨叹："还是你有长进。"

"一个吃利息过活的女子，再无出息。"

假期长，宜室叫小琴及瑟瑟坐在她身边读中文。

"……填缅公路。"

"不，滇缅公路。"

"滇是指四川？"

"滇是指云南，蜀是四川。"

"对，蜀犬吠日。"

大家都笑了。

"父亲几时回来？"瑟瑟问。

"他说过完农历年。"小琴答。

啊，还有归期呢，不算太坏了。

宜室问："小琴你现在的朋友叫比利周？"

"我仍然见他，不过罗宾安德逊的金发真有趣。"

"洋人？"宜室叹口气。

"是。"

"你肯定班上每个十三岁的女孩都有你这样的社交生活？"

"我已十四岁。"小琴笑。

瑟瑟说："我喜欢红发。"

宜室说："我很快会长满白发。"

每次门铃响，宜室都害怕那人会在门口等她。

但是没有，童稚的纠缠已经过去，这次他对她恩慈，让她有时间好好想清楚，自投罗网。

有淡淡阳光的下午，宜室在厨房做虾仁云吞，听见篱笆隔壁有人叫她："李太太，李太太。"

宜室去打开玻璃长窗。

邻居太太捧着一盆植物递过来："李太太，这是我自己种的葱与莞茜。"

"啊，刚好用得着，谢谢你，是何太太吗，有空过来喝杯茶。"

"朋友给我带来几款茶叶，你习惯喝哪一种？"

"人力车牌。"宜室苦笑。

何太太也笑，她转一个圈，到前门按铃。

宜室迎她进来，发觉何太太是位孕妇，身边站着一个小小女孩，面孔像图画中安琪儿，只得五六岁，分明还没有资格上学。

这真是意外之喜。"你好吗？"她弯下身子问。

何太太说："这是小女伊莉莎白，在这里出生，会说一点中文。"

"稀客，请进。"

"在念幼儿班了，"何太太说，"来，同阿姨说清楚。"

"说什么？"宜室觉得莫名其妙。

那小小人腼腆地说："我想听有关猴子的故事。"

猴子？宜室睁大眼睛。

"我是李瑟的朋友，她告诉我神奇猴子会变大变小。"

"啊，孙悟空。"宜室大笑，对何太太说，"我怕孩子忘记中文，晚上叫她们把《西游记》读一次，温习温习。"

何太太点点头："在家时潇洒得很哪，孩子不懂中文也就算了，可是现在老想抓住一点点根源。李太太，要是不太麻烦，晚上你们读故事的时候，可否叫伊莉莎白一声，她爱煞这个故事。"

宜室说："没问题，但是，你为什么不读给她听？"

何太太摊摊手："气氛不一样。"

"何先生呢？"

"回去做生意养家，一年回来一个月。"

宜室与她交换一个眼色，尽在不言中。

宜室不知这是怎么发生的，没到一个月，晚上来听故事的小孩子，增加到五个，坐满一间家庭室。

小琴笑："人们会以为李家在经营育婴班。"

瑟瑟说："那都是我的朋友。"

全住在附近，散队时由母亲接回去。

何太太一日问："你会不会教他们写描红簿？"

"不行，收学生要向政府领取牌照。"

"我们负责搞这些，你肯教中文就行了。"

"我可不是教师。"

"可是他们都听你的。"

"不行不行，"宜室连忙摆手，"你想想，教得了多少？学得上大人，忘记了孔乙己。"

"可是你家大小姐会看鲁迅的小说。"

"她不同，她有底子。"

何太太无奈，娟秀的脸上充满失望。

"别傻了，香港的孩子也不再看朱自清老舍这些了。"

何太太叹口气。

每个移民表现思乡的方式是不一样的。

宜室与她成为好友。奇怪，性情背景教育水准以及嗜好无一相似，但宜室异常喜欢她，对她坦诚友爱，胜过所有朋友。

小年夜，宜室自超级市场回来，大包小包，笑着与何太太说："我买到春卷皮子，这回热闹了。"

何太太说："我种有韭黄，给你送来。"

"真正了不起，"宜室说，"超级市场连锡箔都运过来卖。"

何太太忽然问："李先生不回来过年？"

宜室笑了，嘘出一口气。

"我那位也不来。"语气寂寥。

"事情忙，绊住了吧。"

"有一批货必须要赶出运到美国。"

宜室看看她腹部，过两个月那位重利轻离别的何先生非回来打点照顾不可。

怎么搞的，妇女们的生活打起倒退来，一个个孵在屋里专管煮饭生孩子，时光倒流五十年不止。

　　这条街上，十户有七户不见男主人，通通回老家做生意，一班妻子就像嫁给海员似的，一年见三两次面，离谱。

　　当下宜室说："你回去憩憩，我做好鸡粥及春卷过来叫你们母女。"

　　"宜室姐，怎么好意思。"

　　"真啰唆。"把她自后门送出去。

　　小琴奔过来："妈妈，妈妈，爸爸电话。"走了这么些日子，他第一次主动要与她说话。

　　宜室接过电话，怔怔的，有点泄气。过半晌，她问："家里都好吗？"

　　只听得尚知苦笑："几乎没笑问客从何处来。"

　　"不要夸张，你离开才几个月而已。"

　　"在节奏那么快的城市，人事已经翻了几翻。"

　　啊，他回大学过。

　　"倪教授在多伦多给我找到一份工作。"

　　"那多好。"宜室是由衷替尚知高兴。

　　"过年后我会动身前去。"

　　"你会过来看孩子们吧？"

　　"那自然。"

"复活节我会带她们去迪士尼游乐场。"

"辛苦你了。"

"没问题。"

"最近心情如何?"

"月儿弯弯照九州,有人欢喜有人愁。"

尚知在那头笑,似要笑出眼泪来。

夫妻俩结束这次谈话。

宜室不得不承认两人之间尚余一丝了解。

她钻进厨房去忙,起油锅炸食物的时候叹口气说:"谁能不食人间烟火。"

过一会儿小琴又进来:"妈妈,舅舅找你。"

宜室连忙用毛巾擦擦手:"震魁,新年进步。"

"都好吗?"那孩子一贯谈吐得体,讨人欢喜,"李琴的英文说得似小外国人。"

"震魁,那份表格已经给你送进去了,移民局会同你接头,你照他们指示办即可。"

"太麻烦你了,姐,这是我最好的新年礼物。"

宜室也不同他客气:"要我担保你十年的生活无忧呢。"

汤震魁只是笑:"我不会令你失望。"

"你自己写信向卑斯大学取章程吧。"

"姐姐，问候姐夫。"

宜室放下电话，都堆在今日来通消息。

"小琴，过去请何太太过来。"

小琴取过一只春卷，蘸了浙醋，咬一口。"噢，太美味了，"她如此实牙实齿地赞美，"全世界都没有更好吃的食物了。"

宜室只得笑。

小琴出去请客人。

电话铃又响，这次宜室去侍候它。

那边有一秒钟静寂，宜室立刻知道是谁。

瑟瑟过来："是不是找我？"

"不，不是找你，瑟瑟请帮忙摆台子。"

电话另一头传来笑声："我还想请你吃饭。"

"今天要与孩子一起。"

"那么，饭后我过来接你散心。"

宜室十分想出去走走："好，九点整如何？"

"哎呀，糟糕，你不再逃避我，可见在你眼中，我已贬为普通人。"

宜室笑："有没有空嘛？"

"今晚，本来我想提出私奔。"

啊，小时候已经试过了，宜室感慨万千，休再提起。

"我准时到。"

宜室缓缓放下电话，待会儿要好好把身上油腻洗刷干净。

小琴砰地推开门。"妈妈，何太太不舒服。"她神色惊惶。

"什么事？"

"她肚子痛。"

"我的天，小琴，你守着瑟瑟，别离开她，我过去瞧瞧，对了，小伊莉莎白呢？"

"她在哭，妈妈，我跟你过去。"

"不行，瑟瑟不能一个人留在家中。"

"她老气横秋，大人一样。"

宜室无奈："法律上十二岁以下的孩子一定要保姆陪同。"

"荒谬，学校里有人十一岁就怀孕。"

"小琴，我们慢慢再讨论这个问题。"宜室摘下围裙。

她抓起绒线披肩，搭在身上，过去看何太太。

情形比她想象中危急。

何太太躺在沙发上，豆大的汗珠自额角沁出来。

宜室一手抱起伊莉莎白，俯下身子："不要怕，有我在。"自己也吓一跳，不知道这等豪气从何而来。"哪一个医生，哪一家医院？"

"圣三一。"

"好，我马上送你去，比叫救护车省一程，你可撑得住？"

何太太咬紧牙关："可以，宜室姐，你扶我一扶。"

可怜的母牛。

宜室忽然落下泪来。

幸亏这时小琴拖着瑟瑟过来，一个取门匙，一个找大衣，宜室把伊莉莎白交给小琴。

"我们一起去医院，来。"

五个女人挤上车子，宜室启动引擎，一下，两下，没有下文，宜室伏在驾驶盘上，上帝，她说，请帮我们忙。

终于打着了。

车子一个箭步飞出去。

小琴在后座抱着何太太，那女子忍不住呻吟，宜室集中精神开车，这十五分钟的车程似有一世长。

瑟瑟在前座紧紧搂住伊莉莎白，像一对受惊的小动物。

车子急停在医院门口。

宜室跳下车去，拉住一名护理人员："快，有人要生孩子。"

那人瞠目而视。

宜室求他："情况危急，快一点。"

小琴自母亲身后叫："妈妈，讲英文！"

宜室这才发觉她一直在说粤语，连忙改口："是早产，请跟我来。"

护士从这里接手，宜室几乎瘫痪，刚才的力气，不知消失在什么地方。

她与三个女孩子坐在急症室门口，越坐越冷，大家搂作一团。小小伊莉莎白决定要哭一会儿，伏在宜室怀中抽噎。

宜室非常感慨，什么叫落难？这就是了，在陌生地头，没有一点点势力，没有一点点威风，小老百姓就是小老百姓。从前，说什么都有一大堆亲戚朋友，平时再冷嘲热讽鬼打鬼，到危急时还不是前来接应，此刻像《鲁滨孙漂流记》，还拉扯着几个孩子。

护士出来了，满面笑容，宜室放下一颗心，知道何太太无碍。

护士看看一堆女孩子："都是你的吗？"怪羡慕的。

宜室问："母子平安？"

护士点点头："只得两公斤，小小的，像一只猫咪，早了一个月出世，现放氧气箱中。"

小琴振作精神："我们可以探望那母亲吗？"

"对，"瑟瑟也问，"是男孩是女孩？"

"男孩子。"护士答。

"来，"宜室说，"伊莉莎白，你添了名弟弟，身为大姐了。"

她们跟进病房，何太太虚弱地躺在床上。

宜室拍拍她的手："你好好休息，明天再来看你，你瞧，女性多伟大，进来时一个人，出院时两个人。"

何太太微笑。

"伊莉莎白由我们照顾。"

她点点头。

宜室浩浩荡荡地把车子开回去，两个小的已经睡着，小琴仍有精力，她问："妈妈，你会接生吗，倘若何太太在车中生养，我们怎么办？"过一会儿她又说："原来会这样痛苦，一点尊严也没有，真不敢相信英国女皇也生孩子。"

宜室知道这件事给小琴很大的冲击。

车子到了家，宜室吩咐："小琴，你快点进去，做两杯热巧克力喝，我停好车马上来。"

女孩子们进去了，宜室熄掉引擎，正要下车，忽然听见一个低沉的声音说："你好。"

四周围漆黑，宜室已经累极，神经衰弱，因而尖叫起来。

"喂喂喂，"那人连忙打开车门，"是我，宜室，记得吗，你约我来的，晚上九点。"

"世保。"

"发生什么事？"

"世保，现在什么时候？"

"十点半。"

"你在门外等了多久？"

"一个半小时，九十分钟，我冻得差点成为冰棒，又担心得要命。"

"对不起世保。"

"算了。"

"我们飞车送孕妇入院。"

"为什么不通知我?"

"我单独可以胜任。"宜室微笑。

"多么勇敢,可惜牺牲了我。"

宜室下车,笑问:"吃饭没有?"

"饥寒交迫。"

"我们也饿着,进来吧。"

"谢谢热诚的招待。"

宜室再三向他道歉。

英世保恍然若失,忽然之间,宜室不再彷徨迷茫,不再忧郁消沉,不再坐立不安。

她好像终于找到一个舒服的位子,蹲下去,再不打算起身。这不再是他认识的汤宜室。

在他心目中,宜室的大眼睛永远含着泪光,每次出来看到他,总是烦恼地问:"世保,叫我怎么办,你说,我应该怎么办?"她视他为英雄,让他做主。

一直到食物市场的偶遇,宜室面孔上还有少女的踌躇以及不安。但刹那间,这一切都消失了。

今夜她疲倦紧张,但充满自信。

宜室递上小杯拨兰地给他："世保，来，挡挡寒气。"

三个小女孩瞪着他。

英世保挪一挪身体："你们好。"

小琴边喂伊莉莎白边用英语问："尊驾是哪一位？"

"令堂的好友。"

小琴又问："你可认识家父？"

宜室连忙说："都上楼去休息吧，今天不好过。"

小琴使一个眼色："你也是，母亲，早点送客休息。"

她们上去了，宜室才坐下来吃晚餐。

两人沉默着，这算是荡气回肠吗？宜室暗问。

过了很久，英世保才说："看得出你爱这个家，事事以孩子为先。"

"是，先是配偶，再到女儿，我自己？随便什么都行，残羹冷饭不拘，蓬头垢面亦可。"

"值得吗？"

"我不问这样的问题，我爱他们。"

"可是，宜室，那个倔强美丽的小公主呢？"

"像一切人一样，她长大了，看清楚，世保，请看清楚成年的汤宜室。"

"我还以为今夜我们可以私奔。"

"那么，谁洗碗？"宜室微笑。

英世保鼻子一酸，握住宜室的手，放在脸旁。

"世保，日月如梭，你刚才已见过小琴，我女儿都那么大了。"

英世保破愁为笑："你的语气似八十岁。"

"你却只像二十多岁。"宜室温和地说。

"对别人，我也很精慧老练。"

"我相信。"

"那人，他根本不如我。"

宜室要过一会儿才知道世保指的是李尚知。

"表面条件我胜他十倍。"

宜室不出声。

隔一会儿，英世保轻轻松开她的手："下次再谈？"

宜室笑："世保，二〇〇七年再来约我。"

世保怅怅然："我或许已经结婚了。"

"那岂非更妙，你背妻，我叛夫。"

"但是你爱那个酸书生。"英世保到底意难平。

"谢谢你那建议，你令我身价信心倍增。"

"有什么用，你情愿留下来洗碗。"

宜室冲口而出："可是我胜任呀，世保，我已经过了探险的年龄，不是不愿付出代价，而是自问达不到你的要求，徒然令你失望，到头来，连一段美好的回忆都毁掉。"

宜室泪光闪闪，英世保连忙拥她入怀。

宜室呜咽问："仍然是老朋友？"

"永远。"

她送他上车。

英世保又换了车子，鲜红的卡地勒[1]。

一直到它在转角处消失，宜室才回转室内，锁上门。

她倒在床上就睡熟。

梦里不知身是客，宜室迷迷糊糊返到旧居，打开门，看到女用人迎出来："太太，我一直在等你，我知道你会回来。"可笑梦见的不是旧情人，而是旧帮佣。

"妈妈，妈妈。"

宜室鼻端嗅到咖啡浓香，睁开眼睛，只见小琴端着盘子，上有果汁吐司，好一份早餐。

---

[1] 卡地勒：Cartelo，卡帝乐鳄鱼。

"天已经亮了？"

"他真是英俊。"小琴答非所问。

宜室微笑，呷一口橘子水。

"他的车子也漂亮，叫哀多拉多，我查过了，那是南美洲传说中的黄金国。"

是的，相传人们纷纷前往寻找这个不存在的幻想之都，倾家荡产，在所不计。

"母亲，你可有哀多拉多？"

"不再有。"宜室摇头。

小琴又问："他有几岁？"

"对你来说，太老太老。小姑娘，我们还有事要做。"

"我已替伊莉莎白洗过澡换了衣服，瑟瑟与她都吃过早餐，用人在清洁厨房。"

"小琴，谢谢你，你比我公司里任何一名助手都能干体贴。"

"谢谢你。"

"来，我们去探访何太太。"

"我与她通过电话，她已通知何先生乘飞机赶来。"

"你看，不流汗就把事情办得妥妥帖帖。"

她们挤在玻璃窗外看育婴箱里的新生儿，全体都感动至双眼润湿，连伊莉莎白都频频问："我弟弟？"那幼婴的面孔只有一点点大，五官却十分精致完美。正在赞叹，他忽然转过头来打个哈欠，瑟瑟不置信地问："将来，他会长得同我一般高？"

何太太已经在进食，鹿般温柔感激的眼睛看着宜室。

西岸阳光充沛

肆·

然后，

星期二变成星期三，

九月变成十月，

一年又过去了。

那天下午，宜室接到尚知的电话。

他这阵子神出鬼没，宜室不由得问："良人，你在何方？"

"多伦多。"

"天气如何？"

"雪有一公尺深。"

"气象局说我们这边今年不会下雪了。"

"你们可真幸运。"

"你的工作进行得可顺利？"

"明天开始上班，我们恐怕要待暑假才可见面。"

"复活节聚一聚可好？"

李尚知沉默一会儿："对你来说很重要？"

"对孩子们来说十分重要。"

"她们可以来多伦多。"

宜室不想勉强他，每个人都有一根筋不对劲，李尚知死都要抓住一份工作，哪怕妻离子散。

他在电话另一头似知道宜室想什么，他轻轻说："一耽搁下来，一下子又一年，三两载之后，更加落伍脱节，再也不要想找得到什么工作，不如现在一鼓作气，走上轨道，按部就班。"

"尚知，我俩不必为薪水操心，实属幸运。"

他笑："在家中吸尘打扫，做你贤内助？"

"啊，原来这些事活该由我苦干。"

"宜室，男女不平等啊，你肯做这些杂务，简直可敬可畏，贤良淑德，由我来做，马上变得窝囊兼无出息。我觉得我还可以好好在大学做十来年，相信我，暂且忍耐一下。"

宜室长叹一声。

"情况已经有进步，五个小时飞机即可见面。"

"复活节见你。"

"宜室，你一个人——"尚知欲语还休。

"我很好。"

他苦笑："现代女性，其实不一定需要男伴，是不是？"

"生活上不需要，精神上许比从前更渴望有个好伴侣。"

李尚知问："我是不是好伴侣？"

"过得去啦。"

他松口气："我怕不及格。"

"甲级配甲级，丙级配丙级，你若不派司[1]，我也不派司，还是给你添些分数的好。"

他沉默良久，然后说："复活节见。"

宜室轻轻放下电话。

小琴进来看到："到现在才说完？太浪费了，爸爸几时回来？"

宜室忍不住说："你倒是不担心爸妈会分开。"

"分开，你们？不可能。"

"呵，信心这么足，看死老妈无处可去。"

"不，不为这个，"小琴坐下凝视母亲，"你是那种同一个牌子洗头水用十年的人。"

"呀，你低估母亲，"宜室说，"别忘记由我建议移民。"

---

[1] 派司：英语 pass 的音译，通过、及格的意思。

谁知小琴笑出来："那算什么，移到冥王星去，一家人还是一家人，只要不拆散，住哪里不一样。"

这话里有许多哲理，竟出自小琴嘴巴，宜室怔怔地咀嚼其中意思。

"妈妈，我记得你有一件镂空白毛衣，还在不在？"

"一并带了来，在第一格抽屉里，干什么？"

"我想借来穿。"

宜室讶异："怎么会合身，太大了。"

小琴已经取出，轻轻套上，转过身子，张开手臂，给母亲观赏，宜室无话可说，岂止刚刚好，她再长高一点点，再胖一点，恐怕就嫌小。

她们长得太快太快了。

宜室不是不知道，只是不想承认。

隔壁何先生终于回来了。抱着小毛头，拖着妻子，前来打照会。

他是典型的香港小生意人：瑞士金表、法国西装、意大利皮鞋、德国汽车，然后与人合资设厂。

从前，宜室的生活圈子里再也没这样的人，她嫌他们俗气，此刻她知道，除此以外，她自己也太过狷介。

但是当小何提出两家结为谊亲的时候，她还是婉拒了。

天气仿佛有点回暖的意思。

超级市场外摆满花束，青莲色的鸢尾兰，大红的郁金香，还有金黄的洋水仙也使瑟瑟指着朗诵勃洛克[1]的名句："呵，美丽的水仙花我们为你早逝而泣，宛如晨间之太阳未克抵达中午……"

但是宜室不可救药地想念姜兰、玉簪、晚香玉。温带的花种与亚热带截然不同。

李家已经熬过秋冬两季，春天来临。

小琴坚持换上短袖衣裳，瑟瑟一向小妹妹学姐姐，最怕吃亏。宜室已经警告过瑟瑟，如果伊不把那个屎字自伊之词汇中撤销，母亲将会把她踢出街外。

宜室想替瑟瑟转私立学校，可恨教育家仍滞留多伦多。像一切家长，宜室把瑟瑟的粗鲁行为归咎于学校。

宜室忽然发觉无论在什么地方，人类基本烦恼不变，生活模式，亦大同小异。

何先生又走了。

---

[1] 勃洛克：罗伯特·赫里克。

宜室驾车送他们一家去飞机场，小毛头要拜见过祖父祖母与外公外婆才回来。何太太脸容还十分浮肿，也就出远门。这样小小不足月幼婴乘飞机已不是罕见事，大人辛苦，小孩更辛苦。流浪的中国人。

自飞机场返来，车子还未停好，瑟瑟探出头来："妈妈，电话。"

宜室小跑步奔入屋内，成日无事忙，感觉上也殊不空虚，只是不见成绩。

对方一开口就说："你猜猜我是谁？"

谁，谁这么无聊。

"我不知道。"

"一定要猜。"

"请问到底是哪一位？"

"唉，看样子你已忘了我，人类心灵伤口太过迅速止血愈合，无恨无痕。"

宜室又惊又喜，尖叫起来："贾姬，你这只鬼！"

"哈哈哈哈哈。"

"你在哪里？"

"我在温哥华兄嫂家中，不列颠尼亚路。"

"快快，快出来见面，十分钟就到我家。"

"宜室，九个多月不见了。"

"才九个月？我以为有一百年。"百年孤寂，"你来干什么？"

"钓金龟。"

宜室又笑："快过来，见面才说。"

"气温如离恨天，你开车来接我。"

"你怎么知道我会开车？"

"我知道的事情多着呢。"

宜室打一个突。

她随即赶出去与贾姬会合。

贾姬剪了头发，神清气朗，已在罗布臣街附近买下小公寓，打算定居，履行公民职责。

宜室说："希望你别再偷走，我从此有伴。"

"你不是在申请你兄弟过来？"

"喂，"宜室忍不住，"谁告诉你的？"

"十二小时飞机，流言传得飞快，只有我才敢问你，贤伉俪听说已经离婚？"

"没有的事！"

"循例否认。"

"真讨厌。"

"我，还是谣言？"

"我又不是名人，有什么好传的，从前是小公务员，此刻是小家庭主妇。"宜室不忿。

"可是你想想，全温哥华只得三万华人，个个自动成为大明星，不比香港，几百万人，不是英雄，还真的没人闲话。"

"不管了。"

"告诉你，庄安妮也已抵埠，住在东区。"

"啊。"

贾姬笑："你看，谁也甩不掉谁，到头来又碰在一堆。"

宜室轻轻叹息："都来了。"

"可不是，连我都乖乖前来归队。"

宜室说："迟早会在此地形成一个新社交圈子，大把适龄男士可供选择。"

贾姬笑，顺手翻开一本杂志："有这样的人才，你不妨介绍我认识。"

谁？宜室好奇探过头去，认出照片中人，不禁心头震动。宜室把杂志取过来细看，摄影师把英世保拍得英俊沉郁，兼带三分倨傲，背景是他设计的新建筑物地盘。

贾姬说："英才走到哪里都是英才，在外国人的地方扬名立万，又比在本家艰难百倍。"

宜室傻傻地凝望照片，良久才合上杂志。过半晌她说："有空我介绍你们认识，他是我们家老朋友。"

"哎哎哎，说过的话可要算数。"

宜室缓缓地说："前几日《明报》专栏作者梁凤仪写仓促的婚姻犹如雨夜寻片瓦遮头，好不容易看见一座破庙，躲将进去，却发觉屋顶好比筲箕，处处漏水，完了还闹鬼，令人啼笑皆非。"

"我肯定刚才我们所见是一座华厦。"

"里边也许有很多机关及阴暗的角落，不为人知。"

贾姬微笑："我愿意冒这个险。"

宜室也笑。

"你家主人呢？"

"不是在陪你聊天吗。"

"我是说男主人。"

"他在大埔工作。"

贾姬不再发问，过一会儿说："做男人也难，传统上妻子接受丈夫安排生活是天经地义的——"

这话只说了一半，但宜室也明白了。

参观完毕，贾姬说："你们这座屋子很标准。"

"座座一个模式，何尝不闷。"

"比以前闷，同以前一样闷，还是没有以前闷？"

宜室笑："差不多。"

"太谦虚了，辞掉工作，肯定比从前自在。"

宜室抬起头："想真了，彼时那么眷恋一份那么平庸的工作，还一直以为在干一种事业，真是不可思议。"

贾姬笑："你还算是幸运的呢，那只不过是一份不值得的工，不是一个不值得的人。"

宜室把贾姬送回去："一有空就找我。"

"记住帮我介绍人。"

她本是个不求人的人，现在也想开了，这么熟的朋友，先开了口再说，无谓的自尊，且撇在一旁。

回到家，听见瑟瑟同邻居洋童在吵骂，她大声说："你腐烂，你臭，屎头。"

宜室忍无可忍，一手拉住瑟瑟，要她进屋子去听教训，她发觉拉不动瑟瑟，她长高了，体重增加，块头大了许多。

瑟瑟同母亲理论："约翰·麦伊安弄坏我的脚踏车，换了是他母亲，必定有一番理论，但是中国妈妈却只会忍气吞声，完了还把孩子关在屋内，免得生事。"

宜室说："我们中国文化三千年来讲的是大事化小，小事化无。"

"妈妈，这不是中国。"

"你亦不应当街讲粗话。"

"你去不去麦伊安家？"瑟瑟据理力争。

"脚踏车坏在哪里，可以修就修，不能修买新的。"

瑟瑟愤愤的："这是原则问题，妈妈。"

她不知儿时学会这么多新名词。

瑟瑟已经不耐烦了："你不去，我去，不过人家会以为我是个没有母亲的孩子。"词锋尖锐。

宜室霍地站起来，推着瑟瑟的脚踏车，前去麦伊安家按铃，这类事迟早会发生，她必须面对现实，沉着应付。

一位金发洋妇出来开门，脸色并不友善，口音带苏格兰味道，可见也是新移民。

宜室板着面孔，说官样文章还真是她的拿手好戏，纯正流利英语用来维护原则，师出有名。她道明来意，指给麦伊安太太看："脚踏车链子都叫约翰用钳子钳断，像是蓄意破坏，你说可是？"

对方有点气馁："我要问过约翰才知是不是他做的。"

"我等待你的答复。"

那红头发的小男孩就躲在楼梯角偷看。

宜室故意提高声音："我不希望这种小事也牵涉到其他人等来主持公道。"

那位洋太太恼怒地说："你不是趁我丈夫不在家来闹吧？"

宜室立刻答："不要说笑，我的先生也不在家，请你正视此事。"讲完了，拉起瑟瑟就走。

适逢小琴放学回来，听到全套对白："妈妈，你真厉害。"她竖起大拇指。

"嘿，"宜室说，"雕虫小技耳。"

瑟瑟一脸钦佩，即刻对母亲刮目相看。

是非皆因强出头，还有，小不忍则大乱，还有，万事和为贵，这些，宜室都懂得，但有时也要看情形，站在足球场上不妨退一步想，站在悬崖边可怎么让步，趁三K党尚未出现，非得据理力争不可。

这一区华裔居民较多，宜室不怕外国人调皮，再说，香港人出名地凶，绝非好吃果子，量他们也都知道。

傍晚，外国人同他儿子过来道歉。

宜室站在他旁边，似小人国人物，才到他肩膀，他很客气，愿意替瑟瑟修整脚踏车，于是宜室也不卑不亢，得体地把整件事处理完。

到底是职业妇女出身，处理这种琐事，绰绰有余。

洋汉子临走前问："李太太，你在何处学得一口好英语？"明褒暗贬。

宜室微笑："不是在苏格兰。"反应奇快。

那洋人面色变了，知道这黄皮肤，看上去只二十多岁的女子绝不好惹。

他走了。

瑟瑟马上说："妈妈真了不起，不怕大块头。"

"纯讲尺寸，恐龙还在统治世界呢。"

小琴缓缓地说："妈妈，种族歧视还是有的吧。"

"怎么没有，我们是人，他们是鬼。"

母女们笑得搂作一团。

屋子里一个男丁都没有，想起来凉飕飕的。汤震魁几时来？也好多条臂膀，如此翩翩中国美少年，走到哪里都吃得开。

这天晚上，曹操的电话就到。

汤震魁详细地把正经事报告一遍："……暑假可以成行。"

弟弟来了，不久就有弟媳，过一阵子，增添小小侄子，不消三五七载，一屋都是亲戚，看情形佳景在前，再也不愁寂寞。

唐人街就是这样造成的吧。

宜室十分宽慰。

小琴问："爸爸几时回来？怪想念他的。"

"他准备好了自然回来。"

"那是几时？"

"快了。"

复活节来临，孩子们却被父亲接去小住，李尚知还没有准备好。

何太太只身带着两个孩子回来，有感而发："中国女子多好，肯等。"洋妇哪里有这种美德。

"我们等惯了，"宜室说，"男人漂洋过海做生意，糟糠

226

之妻在家生儿育女，几千年的风俗。"

"我也等到了极限，同他说，两年内再不见他回来，我就放弃这劳什子居留权。"

"两年后是你凶了。"宜室微笑，"取到公民身份，无论去哪里都可以。"

"那我回家，"何太太气鼓鼓地说，"让他在这里等，好叫他知道滋味。"

宜室笑得弯腰。

那个晚上，她联络到英世保。

他声音低沉："你想清楚了？"

"不然怎么会主动找你。"

"愿闻详情。"

"明天下午三时，到舍下吃下午茶。"

他大吃一惊："什么？"

"我介绍朋友给你。"

"笑话！你怎地小觑我，你以为我没有异性朋友？"

宜室笑。"恐怕没有谈得来的，我看你精神顶空虚，"大胆假设，小心求证，"这才寄情事业。"

英世保如泄气皮球，作不得声。

"别逞强了，来不来？"

"我要送白重恩。"

"她又去哪里？"

"上星期同我下哀的美敦[1]，不结婚就回英国。"

"看，问你以后的日子怎么过，来不来？"

他不作声。

"千里姻缘一线牵，世保，喝杯茶有什么损失？"

他过一会儿说："我害臊。"

宜室笑得打跌。

真是惆怅，吃得下，睡得熟，笑得出，可见是没事了，可见是习惯了，原来，汤宜室是这样粗糙的一个人，任由环境改造，再无异议。

那方面贾姬却紧张起来："我穿什么好？"

"随便，喂，你也是见过世面的人，何用拘谨。"

"你帮我想想，套装，太严肃；皮衣裤，太粗犷；针织，太随便，多难。"

宜室沉默一会儿，噫，她是认真的，她想在一顿茶时

_____

[1] 哀的美敦：拉丁文 ultimatum 的音译，即最后通牒。

间给他一个印象，苦差。

"你没有旗袍？"

"有，有一件袍子，谢谢你，宜室，我准时到。"

宜室顺带约了何太太。

她帮女主人做青瓜三文治，一边说："缘分由时间主宰，到了想结婚的时候，立刻成事。过去裙下不知多少公子哥胜过何某多多，但忙工作呀，并不想结婚，嫌他们烦，来者皆拒，待立意从良，身边剩下老何，只得嫁他。"

宜室又一次讶异，没想到何太太口角生风，谐趣幽默，忍不住问："请恕我眼拙，你做事的时候，用什么艺名？"

何太太笑笑，说出三个字。

宜室大吃一惊："你是她？久闻大名，如雷贯耳。"

何太太连忙拉住宜室的手："宜室姐别取笑我。"

"我怎么没认出来。"可见已洗尽铅华。

"落魄了。"

"胡说，比从前好看不知多少倍，你要是还化着那个浓妆，穿那些怪衣服，谁敢认识你。"

由此可知，华侨之中，卧虎藏龙，都来避静。

何太太笑。

门铃响，英世保与贾姬双双一起进来，两个人都守时，在门外相遇。

世保显然自地盘出来，吉普车，胶底靴，他今日的女伴却穿着件丝绵袍，好一个对比。

世保肚子饿，见了食物就抓来吃，一边说："大家晚上有空的话，我在佛笑楼请客。"

何太太立刻朝贾姬打一个眼色，笑道："我这里有两个孩子，别嫌吵。"

说到孩子，宜室自然念起琴瑟两女来，已经隔日通一次话，还这么放不下心，可见母女情深。

英世保站起来："稍后我开辆大车来接你们，此刻我还有事待办。"

宜室送他到门口，轻轻问："贾小姐如何？"

"那酸儒这么放心把你一个人搁在家中？"

"英世保，你放尊重些。"

他叹口气："各有前因莫羡人。"

他转头去了。

宜室回去问："怎么样？"

贾姬说："原来杂志上那张照片拍得不好，他不上照。"

宜室见她这样欣赏他，不禁怔怔的，感慨万千。

何太太笑："我们倒是因贾小姐赚一顿吃的。"

社交圈子也已经建立起来了，就同在香港一样。

贾姬不放心地问："他可喜欢我？"

何太太笑答："不喜欢的话干吗置一桌酒请客。"

贾姬嘘出一口气。

宜室没想到这件事会进行得如此顺利，倒是有点意外，她丝毫没有不甘心的意思，一切凭机缘巧合。他等宜室那么久，白重恩又等他那么久，忽然之间出现个不相干的人，一下子成事，可见这与付出多少没有丝毫关系。

宜室忽然笑了。

何太太是个体贴的好人，怕贾小姐尴尬，连忙把宜室拉到厨房，悄悄地问："第一次做媒吧？"

"不止了，希望这次成功，你客观看，觉得怎么样？"

何太太只是微笑："在外国，成事的机会又大些。"

那个晚上，英世保热诚大方地招待女宾，一言一动，恰到好处，足足可以打九十五分。

宜室十分感动，希望他这样用心，有一点点是因为她。

何太太后来这样称赞英世保："有名有利有学识，又一表人才，却丝毫不露骄矜之态，真是难得，要极有福气的女子才嫁得这种丈夫。"

宜室没有搭腔。

午夜，她轻轻滑入温暖的被窝，手臂枕着头，正预备寻其好梦，电话铃响了。

宜室希望是英世保，她愿意听到他说：这件事如此结束，也算得上是完美的安排。

但对方却是宜家，她一开口就问："你出去了，同英世保？"

"整件事与你想象颇有出入。"

"白重恩在我这里，我无须想象力。"

"小妹，世上不止我同她两个女人。"

宜家诧异："你是说——"

"对。"

这下子，轮到宜家失望："他没有火辣辣地缠住你一辈子？"

宜室轻松地答："没有。"

"他发奋向上，成绩非凡，不是做给你看的？"

"他名利兼收，是因为才华盖世。"

"那么，为什么迄今未娶？"

"人家眼光太高。"

"为何对你这么热情？"

"老朋友了，"宜室感慨，"摸清楚了脾气，就似弟兄姐妹一样，难能可贵。"

宜室见每一个问题她都有适当得体的答案，不禁笑起来："还有若干恩怨，你选择忘记吧。"

"忘了，通通忘了。"

宜家在大西洋那一头沉默半晌，然后说："我很佩服你，宜室。"

过一会儿宜室说："我也觉得失忆是一项成就。"

"姐夫仍在多伦多？"

"到了暑假他不回来，我就得搬去迁就他。"

"你一直是个好妻子。"

"你别看李尚知那样的呆瓜，说不定有人觊觎他，看紧点好。"

"房子怎么样？"

"租出去。"

"你那份遗产似乎特别经用。"

"宜家，你也别吊儿郎当的了。"

"罢哟，自己也是惊涛骇浪的，还说别人。"

宜室缩回被窝，却没有再睡着。

新婚不久，尚知被派到英国去开会兼学习三个月，她也是一个人躺在床上整夜冥想。习惯了。

当年怀着李琴，她天天抽空与胚胎说话，好几次感动得哭泣……这些，都是无论如何不能忘记的。

直到死了之后，思维还独立生存，飘浮在空气中。

第二天她就同尚知开谈判，叫他把孩子们送回来。

不出所料，尚知不放人，借故推搪："要不你也过来瞧瞧，我这间宿舍不比从前那间差，只是少个女主人，乱得不像话。"

"你那边融雪，又脏又冷。"

"嘿，一下子就夏天了，暑假到纽约去如何？"

"李尚知，孩子们学业已上了轨道，你别乌搅。"

"我问她俩——"

宜室咆吼："叫小琴过来说话。"

小琴却说："妈妈，你几时过来？爸爸替我们找到极好的私立学校，看样子瑟瑟的粗话有机会改过。"

主妇，永远是最早被牺牲、最迟受到迁就的一名家庭成员。

永远是炮灰，行先死先，炸为齑粉，大后方的丈夫孩子还不知道发生了什么事。

尚知又过来说："宜室，我已经签妥两年合同，工作相当稳定，最难的已经过去。"

"我刚熟悉温哥华……"宜室虚弱地说。

"这边就业机会比较大，说不定你也可以东山再起，要不，过来服侍我们。"

宜室不相信耳朵，李尚知又一次绝处逢生，反败为胜，这人洪福齐天，稀里糊涂，根本不知道这大半年中发生过什么事，这一段婚姻由宜室一手自冰窖中捞起来，她还没有回过头来，他却已经没事人一般，兴高采烈。

宜室不相信双耳。

"就这样子敲定好不好？"

"孩子们的书簿衣物……"

"那全是琐事耳。"

"我要想一想。"

"别想太久呀，多城的女学生又漂亮又活泼。"

宜室呆在那里，作不得声。

瑟瑟说："妈妈，周末我们去尼亚加拉大瀑布，我还没有看过，你们带小琴去的时候我尚未出世。"

宜室忽然心酸地问："你们没有牵记妈妈？"

瑟瑟坦然答："有呀，但爸爸在这里。"

孩子也为难。

"我想一想。"

宜室真的要想一想。

作为一个主妇，她从来没有放过假开过小差，趁这个机会，她可以休息。

复活节过去，孩子没有回来，何太太起了疑心。

她劝道："这样僵持不是办法，你还是去同他们会合吧。"

宜室但笑不语。

"我虽不舍得你，但相信你在多城也一样可以遇到好邻居，从好处看，每个城住一年两年，多姿多彩。"

宜室仍不作声。

"叫他来接你，不就行了。"

"我从来没有同他争过意气。"宜室说。

"孩子们也在等你。"

宜室忽然说："事实上，我没有同任何人争过意气，我是一个没有血性的人，自幼给家母管束得十分自卑，不懂争取，实在委屈了，不过发一顿脾气。"

"吃亏就是占便宜。"

"谢谢你。"

过一个星期，宜室还是把经纪找来，着他将房子出租，草地竖起牌子。

红头发的约翰·麦伊安过来按铃："李太太，你们搬家？"

宜室大表意外："你关心？"

"瑟瑟李退学后，大家都想念她。"真是不打不相识。

"将来她会回来度假。"

"你可否叫她找我？"

"我会。"

他带着一脸雀斑怀着失落去了。

有人记念真是好感觉。

周末宜室躺在长沙发上看线路电视，把男友介绍给女友的结果是，男友不见人，女友亦不见人，这好心的代价可大了。

有人大力按铃。

宜室跳起来，提高声音问："谁？"

"租房子。"

"请与经纪联络。"

"开门，我要看间隔。"

宜室又惊又怒，走到长窗前去探望，预备一不对路就召警。

她呆住。

李尚知，她的良人，正站在门外向她招手微笑。

宜室连忙开门。

尚知把双手插进袋中："没出去？"

他头发需要修理，胡须待刮，还有，衬衫领子已见油腻，一双鞋子十分残旧。

宜室吓一跳，几个月没人服侍，他就憔悴了。

"女儿呢，你把她们丢在哪里？"

"放心，在同事家做客。"

"你告了假？"

"没有，明天晚上乘飞机回去。"

"尚知，这两年，光是奉献给航空公司及电话公司的已是一笔可观的费用。"宜室说不出地心痛。

尚知微笑："除了收支家务事，我俩就没有别的好说了吗？"

"你这样神出鬼没的，我毫无心理准备。"

"我想同你出去走走。"

"去哪里？"

"给我十分钟，我上楼去打扮打扮。"

"喂，喂！"

他已经上去了。

宜室进厨房替他做咖啡，忽然之间，五脏六腑像落了位，不管是不是好位，却是熟位。

何太太敲玻璃窗："可是李先生回来了？"

宜室点点头。

何太太长长嘘出一口气，继续晾她的衣服。

宜室把咖啡捧上楼去。

尚知在淋浴。

"家里真舒服，"他说，"奇怪，宜室，你在哪里家就在哪里。"

他取过咖啡，连续两口便喝完它。"太太，再来一个。"他恳求。

那还不容易，宜室再替他做一杯：一羹半原糖，两羹奶油。

"就你会做。"

是吗，把多城那些既漂亮又活泼的女生训练一下，做得可能更好，又不需要天才。

"宜室，收拾一下跟我走吧。"

"带什么也得盘算一下，我最怕流浪。"

"你同租客订两年合约，最多两年后就回来。"

"届时房子给人家住得破旧不堪，又要花一笔装修费。"

李尚知只是赔笑。

宜室别转头去，在大事上总是她让他，替他设想周全，为他善后，使他无后顾之忧，她有什么烦恼，他从不尝试协助，只会静静避开锋头，待她一个人愁肠百结，想出解决的办法。

但她还是跟着他，他有什么必要做得更好？

阳光照进卧室，窗外一树樱花随风颤动，良辰美景，一家人又即将团聚，宜室微微笑，还有什么遗憾呢。

"来，"李尚知说，"出去走走。"

她没有应他，他俯身过去，她抬起头来，眼神呆木，笑容却持续着，做一个好女人好母亲就得付出这样的代价。

"到水族馆去看表演吧。"她终于说。

那日，史丹利公园内的水族馆租给了一对喜欢别致的男女举行婚礼，牧师在大堂祝福他们。

宜室挤上去观礼，认作女方的朋友。

女主角穿着洁白的纱衣。"六月新娘。"宜室喃喃说。

她仰起脸看着新郎，充满幸福的样子。

宜室呆了一会儿，与尚知走到户外，一抬头，看到一对熟悉的身形。

是他们先与宜室打招呼。

贾姬问："你们也来观礼？"

宜室点点头。

英世保站在一角向他们欠欠身子。

"新郎是英的朋友。"贾姬解释。

宜室一点也不敢占什么功劳，唯唯诺诺，这位仁姐抓得住人，是她的本事、她的魅力，同介绍人没有关系。

"听说你们要搬往多伦多？"

宜室又点点头。

"真得抽空吃顿饭才行，"贾姬说，"再联络吧，我们还有事。"

英世保一直没有走过来，女友朝他走过去。

李尚知问："那是谁？"

"香港的旧同事，你见过的。"

"不，那个英俊小生。"

宜室沉默一会儿："是她男朋友。"

"是吗，在这之前，他好像是另外一位女士的男朋友，我仿佛见过他。"

宜家在露天看台坐下等鲸鱼及海豚表演。

"他同白重恩走过。"

"呵，但白重恩比刚才那位小姐年轻且漂亮得多了。"

宜室轻轻说："得与失不是讲表面条件的。"

"他深深注视你。"

"人家有礼貌而已。"

"嘘，表演开始了。"

他们坐在一排小学生后面，每次水花溅上来，孩子们便笑作一团，宜室的致命伤是喜欢孩子，立刻融化下来，开心得一塌糊涂。

"——或许还来得及。"

"来得及什么？"

"再生一个。"

宜室诧异地问："有人愿意同你生？那多好，记得带回来养，别让他流落在外头。"

尚知为之气结。

散了场他俩去吃海鲜，宜室无忌惮地捧起蟹盖便啜，多好，不必给谁看她最好的一面，宜室怀疑她已经没有更好的一面了。

她已不打算为任何人挺胸收腹做模样，她喜欢在晚饭时叫一杯基尼斯，咕嘟咕嘟喝下去，在适当时候打一个饱嗝，然后傻气地笑一笑。

她哪里还受得起折腾，宜室觉得她救了自己一次。

隔壁坐着一桌上海籍中年人，正在谈论移民生涯。

"——总是为将来啰。"

"但现在已经开始吃苦了。"

"先苦后甜，先苦后甜。"

宜室瞄一瞄，只见桌子上一大碟辣味炒蚬，香气扑鼻，这样子还叫苦，可见离家别井，非同小可。

尚知说："……暑假可以过来了。"

他永远做回他自己，守住他的原则，万事由宜室变了方法来适应他。

"房子租出我就来。"

尚知见她终于下了气，十分高兴。

屋子少了孩子就静，也似乎不像一个家。

宜室有时似听见瑟瑟唤人，自动脱口应一声，才发觉只有她一个人在忙。

星期天晚上，宜室送尚知到飞机场。

"快点收拾东西，"尚知叮嘱，"我们等你。"

宜室挥手向他道别。

星期一经纪带来对中国夫妇，那位太太看到厨房她熟悉的烹饪设备，贪起小便宜来，让经纪叫屋主留下给她用，宜室摇摇头，请走他们一家。

何太太急道："你索性搬走，交给经纪租予白种人，一了百了，住坏至多拆卸重建，地皮还是值钱的，自己挑房客，到天荒地老还未办妥。"

宜室遗憾："本来两家孩子约好秋季去摘苹果及粟米的。"

"你会喜欢多城，那是个大都会。"何太太安慰她。

没想到周末，尚知又飞来了。

他用苦肉计。

不过这样不声不响来来去去，的确用心良苦。

宜室不悦："这是干吗？"

"我不出手，明年此刻你还留在此地。"

李尚知三扒两拨，把衣服及日用品装满两只箱子，叫搬运公司提走，对宜室说："我只准你打一个电话。"

宜室想一想，电话打给汤震魁。

"证件出来没有？"

"托熟人打听过，绝无问题。姐姐，他们说，多伦多大学的工程系出色。"

可见都注定了。尚知连忙把新地址告诉他。

完了尚知说："我以为这个唯一的电话你会拨给旧情人。"

宜室笑。

"笑什么？"

"你太天真，旧情人为何要来听我电话，贪图什么。"

尚知偷偷看她一眼，不作声。

过一天她就跟丈夫走了。

琴瑟两女由尚知的同事带着来接飞机，见到母亲，拥着便叽叽喳喳说起这些日子所发生的趣事来，通通不记得温哥华有些什么好处了。

同事是一位爽直的年轻人，姓张，面孔上有两个酒窝，笑起来特别可亲，一边开车一边问李太太对多伦多熟不熟。

宜室摇头。她只记得有一条蓉街，以及冬季在多伦多，暖气电费随时接近一千大元。

宜室的手不停地抚摸瑟瑟的头发，琐碎地问谁替她洗头谁替她补习，一边心痛竟把她们丢下这么久。

小张羡慕地说："有家庭真好。"

宜室一怔，尚知已笑起来："他还是王老五，真正苦，衣破无人补。"

这年头，扔掉破的买新衣岂非更好。

但是尚知显然对婚姻生活有信心："一定给你介绍个女朋友。"

宜室忽然想到宜家，把她也拉到这里来成家立室，岂非美事，不由得在倒后镜里细细打量起小张来。

宿舍在大学旁边，开车往超级市场十分钟，其他的都不重要，慢慢摸自然也就会得熟络。

小张把车子慢驶："这是皇后公园，大学就在西边。"

这时候尚知向宜室充满自信地笑一笑。

他又恢复了名誉。

一年的时间就这样在扰攘骚乱中溜走。

何太太写信给宜室，附着伊莉莎白及她弟弟占姆士的照片，又向宜室报告，新房客循规蹈矩，是个正经人家，只是爱煎咸鱼。还有，贾小姐前去探望过她，问她要宜室的地址，"她与英先生还在走，但是好像没有即时结婚的意思。"最后的好消息：何先生终于把生意顶出，过来团聚。

宜室回信：孩子们打算跟父亲到纽约市度假，她兄弟下个月来准备入学，自东方搬到西方，西岸搬到东岸，她被环境训练成才，随时可以收拾包袱出发到任何地方角落，地球上没有什么事能够使汤宜室皱眉。

瑟瑟愿意把睡房暂让出来给舅舅居住。

宜室并不担心，那样的男孩子，苦苦哀求他长期与姐姐姐夫同住，未必留得住，迟早会搬走去闯他的天地，此刻挤一挤没有关系。

他又是那么会做人讨人欢喜，开口闭口"在校园提到姐夫名字每个人都知道""从没见过这么快便完全适应的新移民家庭""我真幸运，有姐姐做主一切不必彷徨"……是像谁呢，宜室记忆中汤家没有这般能说会道的人。

那必定是像他的母亲了。

家中出奇地热闹，人来人往。尚知与震魁在计划与宜室庆祝生辰，他们说海湾渡轮旗下的轮船，时租三百五十元，沿休伦湖行驶，湖光山色尽入眼帘。

这消息让宜家知道了，一定赶着要来参加，那位小张先生一早闻说李尚知有这么一个出色的小姨，便三日两头前来探听消息，说不定有缘分就此凑合……

宜室又犯了老毛病：生活一平静就胡思乱想。

有什么分别呢。

相似的大学宿舍，一般的菲律宾籍女佣，差不多的家具，眼熟的布置。

李尚知下班回家，也同往时一样，一只手放下公事包，一只手解领带，一边嚷："可以吃饭了吗？"

同从前几乎一模一样。

人类是这样害怕变化，誓死维护原有习惯。

唯一不同的是，宜室不再用任何闹钟。

现在她起得比从前上班时更早，她必须密切注意，朝朝由什么人来接小琴上学。

　　她得同那小子打声招呼，给他一个警戒的眼色，嘱他不得胡作妄为。

　　就这样。

　　然后，星期二变成星期三，九月变成十月，一年又过去了。

图书在版编目（CIP）数据

西岸阳光充沛 /（加）亦舒著 . —长沙：湖南文艺
出版社，2019.9
ISBN 978-7-5404-9252-6

Ⅰ . ①西… Ⅱ . ①亦… Ⅲ . ①长篇小说—加拿大—现代 Ⅳ . ① I711.45

中国版本图书馆 CIP 数据核字（2019）第 095640 号

上架建议：畅销·小说

XI AN YANGGUANG CHONGPEI
西岸阳光充沛

作　者：［加］亦舒
出 版 人：曾赛丰
责任编辑：薛　健　刘诗哲
监　制：毛闽峰　李　娜
特约策划：李　颖　沈可成　雷清清　张若琳
特约编辑：王　静
特约营销：吴　思　刘　珣　焦亚楠
封面设计：利　锐
版式设计：李　洁
出　版：湖南文艺出版社
　　　　（长沙市雨花区东二环一段 508 号　邮编：410014）
网　址：www.hnwy.net
印　刷：三河市兴博印务有限公司
经　销：新华书店
开　本：775mm × 1120mm　1/32
字　数：115 千字
印　张：8
版　次：2019 年 9 月第 1 版
印　次：2019 年 9 月第 1 次印刷
书　号：ISBN 978-7-5404-9252-6
定　价：49.80 元

若有质量问题，请致电质量监督电话：010-59096394
团购电话：010-59320018